PAS D'OMBRES
SANS LUMIÈRE

DOROTHÉE CATOUNE

PAS D'OMBRES SANS LUMIÈRE

roman

ARCHIPOCHE

Collection « Instants suspendus »
dirigée par Virginie Fuertes

Notre catalogue est consultable à l'adresse suivante :
www.archipoche.com

Éditions Archipoche
92, avenue de France
75013 Paris

ISBN 979-1-0392-0118-6

À tous ceux que j'aime, ici et là-haut.
À ceux qui sont partis trop tôt,
aux autres qui ne sont pas encore arrivés.

1

Ce jour-là, Adèle avait fait pleurer deux hommes. Elle n'en était pas fière, mais elle assumait.

Le premier était un de ses collègues, ce Ducloy d'une mollesse exaspérante qui travaillait au service achat. Il avait fait une très grossière erreur sur le bilan mensuel, et la boîte avait failli perdre un important client. Heureusement qu'Adèle était intervenue pour faire jouer ses relations, agrémentant le tout de sourires enjôleurs et d'un zeste de charme. Elle pouvait être très forte dans ces cas-là. Elle avait convoqué le coupable dès 14 heures dans son bureau et, comme toute directrice qui se respecte, avait hurlé. Apeuré, le mollasson avait fondu en larmes lui expliquant ses soucis financiers, sa femme qui était partie, sa voiture qui ne démarrait plus et les boulettes de la cantine qui lui trituraient les intestins depuis deux heures.

À l'évidence, c'en était trop pour lui.

— Est-ce que je mange à la cantine, moi ? Non ! Alors, faites comme moi ! Si je partageais les petites contrariétés de chacun, je ne serais pas devant vous aujourd'hui ! Rendez-vous compte des conséquences pour les tuyaux Ugi ! Vous pourriez au moins vous excuser, plutôt que de pleurnicher… Je vous préviens, c'est la première et dernière fois, sans quoi, vous aurez un problème de plus à gérer !

Une fois la porte refermée, elle avait eu quelques remords… Et puis zut ! On lui avait demandé d'être directrice, pas humaine. Les deux n'étaient d'ailleurs pas forcément compatibles, sauf au pays des Bisounours ou de Oui-Oui. Elle les avait bien cherchés et aucune carte ne les indiquait.

Le deuxième était un cas plus complexe, mais tout aussi insignifiant à ses yeux.

Marc était le gardien de l'entreprise depuis quinze ans. Divorcé, deux enfants de treize et onze ans (autrement dit, dégagé des plus lourdes contraintes), plutôt attirant. Le genre d'homme sur qui on se retourne dans la rue, ou qu'on *like* sur Tinder. Adèle, elle, ne l'avait bien évidemment jamais remarqué. Il avait fallu qu'il y ait un souci avec un fournisseur, un jour, pour qu'il l'appelle et qu'elle se rende compte de son existence. Certes, elle n'était pas observatrice de nature, mais il fallait être aveugle pour ne pas remarquer les regards, les appels répétés du poste de garde… Même les fleurs qu'il lui avait déposées un jour sur son bureau n'avaient pas retenu son attention !

Ce même midi, alors qu'elle rejoignait sa voiture pour déjeuner avec Lisa, elle avait entendu son prénom, s'était retournée et avait vu arriver un Marc accourant, les bras encombrés d'un bouquet de roses rouges. C'était tellement stéréotypé !

— Que se passe-t-il, Marc ? Un problème au poste de garde ?

— Euh… Non, pas vraiment. Adèle, vous…

— Marc, je n'ai pas le temps !

— Mais vous savez bien ce qui se passe.

Et il avait fondu en larmes.

Pff ! Quelle panade !

Se retrouver face à cet homme liquéfié, alors que Lisa reprenait les cours à 13 heures et qu'elle était déjà en retard de dix minutes. Sans parler de tous les employés susceptibles de se délecter d'une telle scène !

Une seule option se présentait à elle. Elle avait tourné les talons, était montée dans sa voiture. Sans piper mot. Sans un regard.

Marc était resté sur le parking, ses roses à la main, décontenancé. De grosses larmes coulaient. Il regarda cette femme sans cœur dont l'empathie était aussi inexistante que les fesses étaient belles.

Vous pensez sûrement qu'Adèle est imbue de sa personne, carriériste et antipathique.

Méfiez-vous des apparences, elles sont (parfois) trompeuses.

2

Adèle était arrivée juste à temps pour commander une salade *César*, avant que les cuisines ne ferment, et recueillir une énième fois les plaintes de sa meilleure amie. Entre deux bouchées, elle parvint à placer quelques mots :

— Franchement, tu crois vraiment que Steve Jobs a abandonné au premier obstacle ?

— Mais Steve Jobs était intelligent, talentueux et chanceux !

— Mouais. Parce que tu n'es pas tout ça ?

— À croire que non… Je cumule depuis des années ! Les pâtes, les « j'aimerais bien, mais je peux pas, j'ai pas de fric… » ! C'est bon ! J'ai un bac plus 8 ! Merde ! Tout ça pour ça ! Merci, et vive la France !

Quand Lisa s'énervait, elle remettait ses mèches brunes et folles toutes les trente secondes derrière son oreille. Ses narines semblaient se dilater, déformant quelque peu son doux visage dominé par de grands yeux bleus. Adèle lui adressa un sourire compatissant.

— Lisa, je t'ai déjà dit que tu ne cherchais pas au bon endroit. Déconnecte du boulot ! Écris ! Tu en rêves depuis des années !

— Écrire ? Mais penser me prend déjà tellement de temps… Vu ma situation, j'ai le droit de me plaindre ! Zut ! C'est pas ce qu'on nous avait vendu ! Ça semblait pourtant simple ! Si on travaillait bien à l'école, qu'on était obéissant et qu'on rentrait à l'heure, on aurait un bon travail, un bon mari, un arbre au milieu du jardin… et tout le toutim ! En fait, pas du tout ! Je t'assure, j'ai l'impression d'avoir six ans…

Adèle la regarda, étonnée.

— Pourquoi six ans ?

— Parce que c'est à cet âge que j'ai compris que le Père Noël n'existait pas ! La trahison suprême ! Le mensonge généralisé ! J'en ai voulu à la terre entière… Ma plus grosse désillusion jusqu'à aujourd'hui !

— Mais enfin, Lisa ! Tu vis dans quel monde ? Celui de la *Bibliothèque rose* ou de *L'Étudiante* ?

— Eh bien ! J'aurais peut-être préféré… Au moins, je serais encore bercée par…

— Des foutaises ! la coupa Adèle. La vie, c'est pas un film ! C'est pas rose bonbon ! Et la réalité n'est tout de même pas si terrible ! Tu as le principal !

— Mais pas l'essentiel…

— Tout dépend où tu places l'essentiel… Bouge-toi ! La vie…

— Je sais, la vie c'est comme un toboggan : il faut retourner à l'échelle et grimper. Mais, là, je crois que j'ai le cul dans le sable !

— Alors remue-toi avant que quelqu'un d'autre ne grimpe devant toi ! Et ce n'est pas la première fois que les grains de sable viennent te chatouiller les fesses, donc relève-toi et avance !

Adèle avait raison. Depuis qu'elles se connaissaient, ce toboggan avait été tortueux pour toutes les deux et elles étaient tombées souvent, mais rarement en même temps. C'était pourtant ensemble qu'elles en avaient commencé l'ascension, à l'âge de dix ans.

« Je vous parle d'un temps
Que les moins de vingt ans*… »

* Paroles de la célèbre chanson « La Bohème » de Charles Aznavour, sortie en 1965.

3

— « All That She Wants Is Another Baby ! She's Gone »…

Tout en veillant à ne pas crier, Lisa avait du mal à retenir ses hanches qui avaient follement envie de bouger au son de cette chanson déjà culte d'Ace Of Base. Écouter cette cassette dans ce magnifique walkman rose dernière génération, nouveau produit phare de Sony en ce début d'année 1992, offert par sa tante Alice, constituait un immense luxe et un petit bonheur qu'elle pouvait exhiber aux yeux de tous.

De tous ? Des une ou deux personnes âgées qu'elle allait peut-être croiser sur cette route qui la séparait de la bibliothèque municipale et qui représentait l'axe principal du village de Conchil-le-Temple, bout du monde où elle avait emménagé depuis quelques mois. Enfin, où ses parents étaient venus s'enterrer.

Le cadeau de sa tante était la seule chose qui lui avait mis du baume au cœur depuis le décès de son grand-père, en mars dernier. Elle n'était pourtant pas si proche de ce monsieur voûté et sans dent, à l'haleine douteuse, qu'on la forçait à embrasser lors de l'habituelle visite dominicale. Il lui rappelait souvent qu'elle avait été un accident, et qu'en plus elle était une fille, ce qui n'avait pas favorisé un possible rapprochement entre elle et lui. « Mon pauvre fils a joué de malchance ! », était le refrain qu'elle avait le plus entendu depuis sa naissance dans la bouche de « Pépé ». Mais il était son unique aïeul, ce qui incluait une obligation de respect. Et de chagrin lors de l'enterrement, comme lui avait bien expliqué sa mère. Lisa avait réussi à faire couler quelques larmes en pensant très fort à l'une des scènes de *Ghost*, son film préféré, quand Demi Moore découvre son mari mort (un Patrick Swayze beau à tomber !). Une scène à faire fondre n'importe quel cœur de pierre !

Le père de Lisa ne devait connaître aucun film triste car il était resté droit comme un piquet, le visage fermé, ne se donnant pas la peine, lui, de pleurer par convenance. Sûrement était-ce un devoir réservé aux plus jeunes.

Par la suite, la petite fille n'avait plus eu besoin de penser à *Ghost* pour que les larmes lui viennent : elle avait compris, ses oreilles traînant trop souvent là où il ne fallait pas, que son père héritait de la maison paternelle, qu'il ne la vendrait pas et que la petite famille emménagerait à Conchil avant l'été, le temps de faire quelques travaux.

C'est ainsi qu'à l'âge de dix ans, le micromonde de Lisa s'était écroulé, et elle peinait depuis à le reconstruire dans ce village de 1800 habitants. Les enfants de l'école municipale lui avaient réservé un bon accueil, mais elle était convaincue qu'elle n'était pas comme eux : elle qui venait de la ville, où elle prenait le bus, allait seule au solfège et au judo, ne pouvait comprendre que des gamins prennent plaisir à faire toujours les mêmes activités, dans la même salle paroissiale (la seule du village accessible au public), chaque semaine, avec les mêmes personnes qui étaient à la fois les copains de classe, de catéchisme, de foot... Les copains tout court, en fait, puisqu'il n'y avait qu'eux.

Très rapidement, elle s'était mise à l'écart et les livres qu'elle dévorait étaient devenus son refuge. Elle ne manquait jamais d'aller à la bibliothèque, ouverte uniquement le mercredi de 16 heures à 18 heures, et située dans une arrière-salle de la petite mairie. Cela constituait l'unique sortie de la journée, puisque la seule possible et autorisée par ses parents.

Alors que les premières notes de la chanson suivante, « Hero » de Mariah Carey, retentissaient dans ses oreilles, Lisa sentit comme une présence derrière elle. Elle accéléra un peu le pas, tout en baissant le son de son walkman, juste assez pour entendre un « Pardon, mais j'essaie de te dépasser depuis cinq minutes. Le trottoir n'est pas qu'à toi ! »

Elle n'eut pas le temps de se retourner qu'une fille rousse, à peu près de son âge, fit un écart pour la contourner, et continua son chemin d'une cadence rapide. Lisa était restée bouche bée : par le ton de cette fille, parce qu'elle ne l'avait encore jamais vue dans le village, ni à l'école. Et pourtant en quelques mois à peine, elle avait eu le temps d'identifier tout le monde, étant donné le nombre…

Elle arrivait au niveau de la mairie quand elle vit la petite rousse s'engouffrer dans la bibliothèque. Visiblement, il n'y avait pas que le chemin qui leur était commun.

— T'es du village ? Je t'ai jamais vue…

— J'habite ici depuis dix ans. Et toi ?

— Depuis juillet. Mais tu vas pas à l'école ?

— Si, mais pas ici. Mon père travaille à Berck, donc je suis là-bas, à Saint Joseph.

— Je m'appelle Lisa.

— Et moi Adèle. On fait route ? J'habite rue de Nempont.

— Moi aussi. Au n° 9.

— Et moi au n° 22.

4

Le côté impair de la rue de Nempont était occupé par une longue ligne de portes rouges, toutes semblables, encadrées par des maisons en brique comme il y en a beaucoup dans le nord de la France. Une place de parking devant le garage, une porte d'entrée et une fenêtre. Derrière la bâtisse, un petit carré de jardin symbolisait, pour beaucoup à Conchil-le-Temple, une véritable réussite, une ascension sociale. Parce qu'il était entièrement dédié à la liberté personnelle, le minuscule espace permettait de faire semblant d'occulter les voisins, pourtant séparés par un simple grillage (et encore, ce dernier ne retenait pas les ondes sonores…). C'est ainsi que Lisa avait été surprise, à son arrivée, par les mots d'amour d'une maman, qui criait à ses trois bambins : « Putain, tu vas la fermer ! Y'a des voisins ! », « Arrête de gueuler ou je t'en colle une », et la fameuse menace, qu'elle n'avait pas comprise tout de suite : « Tu veux un aller-je viens ? »

Le côté pair de la rue, lui, offrait un visage beaucoup plus attractif, où il semblait faire meilleur de vivre. De riches promoteurs immobiliers y avaient construit de belles demeures, dignes d'un catalogue d'architecte, exposant au nez et à la barbe des habitants du côté impair un luxe tant jalousé qu'ils ne pourraient jamais s'offrir. À l'exiguïté de l'intérieur confiné des uns répondaient les extérieurs verdoyants et spacieux des autres. C'était comme si les premiers habitaient à Conchil et les seconds au « Temple », à l'image de l'aspect bipolaire du nom même du village.

Ce sentiment d'inégalité sociale, pourtant très visible et source d'hostilités dans la bourgade, n'avait pas même effleuré les deux préadolescentes, dont l'amitié fut aussi inattendue que rapidement indéfectible.

Elles commencèrent par se voir les mercredis après-midi, puis les samedis et dimanches, selon des rendez-vous implicites qu'elles n'auraient ratés sous aucun prétexte. Le reste du temps, elles passaient des heures au téléphone, explosant le montant des factures, ce qui leur valait d'être souvent privées de sortie quand leurs parents les recevaient. Elles finirent par dormir régulièrement l'une chez l'autre, afin de mieux commenter les épisodes de « Beverly Hills » et de « Hartley, Cœurs à vif » enregistrés durant la semaine sur des cassettes dont la bande usée semblait fatiguée de voir s'étaler la vie sentimentale et irréelle de jeunes Américains, et Australiens, boutonneux.

Elles traversèrent ainsi les années 1990, main dans la main et veste fluo sur le dos. Elles se créèrent des références identiques et se fabriquèrent une carte du monde mutuelle. Elles vécurent leurs premières soirées pyjama, leurs premières boums, pour lesquelles la tenue choisie était, chaque fois, longuement discutée car de la plus haute importance. Elles connurent leurs premiers chagrins d'amour, l'épaule de l'une étant toujours disponible pour recueillir les larmes de l'autre et entendre les lamentations avec Céline Dion en toile de fond des heures durant.

Leurs différences étaient pourtant flagrantes : Lisa était aussi sûre d'elle, populaire et fonceuse qu'Adèle, tempérée par l'autorité parentale, se montrait raisonnable et en retrait. Elles trouvaient un équilibre dans leur complémentarité et, à ce moment précis de leur vie, elles eurent souvent l'impression que rien ne pourrait jamais les séparer. Elles préféraient renoncer à quelque chose qu'elles convoitaient toutes deux (un sac, des chaussures, un mec) que de voir un nuage assombrir leur relation.

Lisa fréquentait des établissements publics tandis que la rigueur des parents d'Adèle avait contraint la jeune fille à n'être scolarisée que dans le privé. La première arrivée attendait chaque soir le bus de l'autre pour le débriefing de la journée.

Et c'est ainsi qu'en novembre, peu de temps après leur entrée en seconde, Adèle vit arriver une Lisa tremblante, au visage empourpré.

— Qu'est-ce qu'il y a ?

— Je suis amoureuse.

— Ah…

— Non, vraiment amoureuse cette fois. Vraiment, vraiment. Il est beau. Il est… Waouh ! Juste parfait.

— Les ennuis commencent, donc. Je savais que c'était toi qui ouvrirais le grand bal !

Et tout alla parfaitement bien. Sûrement trop bien, se diraient-elles des années plus tard.

5

Le « juste parfait », Simon de son prénom, était en première et passait chacune des pauses sur un banc que lui et ses trois acolytes s'étaient approprié et qui représentait, à leurs yeux, leur première propriété privée.

La 1re fois, il l'avait regardée.
La 2e fois, il lui avait souri.
La 3e fois, …

Lisa eut souvent l'impression plus tard que sa vie avait commencé à cet endroit précis, sur leur banc.

Ils y refaisaient le monde, fumaient des cigarettes, choisissaient le prénom de leur premier fils. Ils auraient une maison en zone résidentielle, quatre enfants, une Picasso dorée aux pare-soleil Disney, le voyage de noces en Corse, des week-ends en Italie, et les vacances familiales au camping de Saint-Malo.

Les plus beaux voyages se font souvent dans la tête.

La sonnerie venait les sortir de leurs rêveries, bientôt suivie des hurlements du proviseur.

— Lorthois ! Bauchart ! Vous pensez que c'est comme ça que vous décrocherez le bac ?

Ils se regardaient et se souriaient. Jamais ils ne deviendraient comme ça : vieux, aigri et fonctionnaire.

« On ne fait pas toujours ce que l'on veut dans la vie », lui avait répété sa mère, ces mots étant parmi ses préférés. Lisa pensait qu'elle rabâchait sans se douter qu'elle cherchait juste à lui ouvrir les yeux.

Passons. L'important n'est pas la chute, c'est l'atterrissage.

Ils eurent le bac la même année (Simon s'étant arrangé pour redoubler sa première, et ainsi rester avec sa belle), partirent dans la grande ville régionale, lui pour une classe préparatoire, elle pour la fac. La mère de Simon, riche de son veuvage, paya un deux-pièces cosy à son Simounet, rue de la Soif, à Lille. Tout un programme !

Quant aux parents de Lisa, ils payèrent parfois une facture d'électricité. Pour compenser, elle donnait quelques cours d'orthographe à des bourgeois arrogants (version gamin de douze ans), qui avaient compris que leur prof ne serait jamais aussi riche qu'eux.

Les fêtes des premiers mois (celles de l'apparente indépendance dans lesquelles les interdits n'en sont plus et perdent ainsi leur charme) laissèrent rapidement place à une réconfortante monotonie. Lui se concentrait sur ses cours et organisait ses journées en fonction de ses devoirs et de ses révisions. Elle jonglait entre la cuisine, les disserts, les cours particuliers, l'aspirateur, le linge et les courses.

Le vendredi soir marquait le retour chez maman. On ne jouait jamais à Lisa la scène de l'enfant prodigue. Ce dernier n'avait sûrement pas dû revenir avec un sac énorme de linge à laver et à repasser. Le traditionnel repas chez la tante Alice le samedi soir. La récupération des gamelles. Et le retour dans le deux-pièces.

À vingt ans, ils en avaient déjà cinquante.

Finalement, le seul rendez-vous devenu palpitant, mais non moins routinier, était celui du dimanche matin au stade.

6

Victor avait toujours fait du foot dans le même club que Simon. L'un était attaquant, l'autre gardien. Comme dans tout bon club qui se respecte, les meilleurs moments de leur carrière de sportifs étaient la troisième mi-temps. Après avoir sué durant une heure et demie, les joueurs fêtaient leur victoire, ou leur défaite, au bar. Lisa venait vaillamment encourager son homme, chaque semaine. Adèle l'accompagnait dès qu'elle le pouvait, avec la ferme idée de profiter un maximum de sa meilleure amie avant que chacune d'elles ne reparte, happées toutes deux par leur semaine de cours.

Victor remarqua cette rousse rondelette et souriante. Comme tous les autres de l'équipe, il tenta une approche. Mais la jeune fille, visiblement peu intéressée, s'était détournée.

Adèle revint. Victor ne lâcha rien. Ce petit jeu de séduction les occupa pendant des semaines. Les autres de l'équipe s'en amusaient et charriaient le pauvre attaquant qui ne parvenait pas à se résigner.

Tout l'attirait chez elle : sa discrétion, sa voix, sa poitrine. Huit mois lui furent nécessaires pour qu'Adèle accepte enfin son invitation. Il lui sortit alors le grand jeu : au volant de sa Fiat Panda, il l'emmena, pour une soirée, sur la plage. Restaurant romantique, dernier verre en terrasse et bain de minuit. Éclairée par la lune, la scène était parfaite : il lui caressa doucement les cheveux, la prit dans ses bras et l'embrassa.

Adèle se laissa charmer par ce beau garçon attentionné, à qui les prétendantes ne manquaient pas. D'une certaine façon, sûrement fut-elle flattée qu'il s'intéresse à elle. Mieux, qu'il persiste pendant huit mois pour obtenir un tête-à-tête.

Ragaillardis par l'alcool, ils s'allongèrent sur la plage. Il promena ses mains sur son ventre, sur ses seins et finit par descendre doucement, très doucement, ses doigts dans sa culotte. À son grand étonnement, elle se laissa faire, même lorsqu'il lui ôta ladite culotte et se glissa en elle. Elle apprécia les va-et-vient, les baisers dans le cou, et finit par se lâcher totalement au point de gémir langoureusement. Cela dura longtemps. Très longtemps. Et elle aima. Beaucoup.

Coucher le premier soir n'était pourtant pas son genre. Coucher tout court n'était pas son genre. C'était sa première fois.

Le soleil commençait à montrer le bout de ses rayons lorsqu'ils reprirent la route. Victor proposa de passer par les petits chemins, plutôt que par l'autoroute, pour prolonger un peu plus ce moment. Près d'un champ, il arrêta la voiture, allongea les sièges et la prit de nouveau.

Elle aima comme plus jamais cela n'arriverait par la suite. Du moins, avec Victor.

Adèle appela sa meilleure amie à 7 h 30 du matin, dès son retour. Étant donné les événements de la nuit, un débriefing s'imposait. La voix tout endormie de Lisa lui répondit.

— Pourquoi tu ne m'avais pas dit que c'était si... Enfin, si peu... Bref, j'ai adoré, vraiment. C'était... Waouh !

— Ah ? Parce que... Non ? Le premier soir, comme ça ?

— Ben oui. Je ne peux pas t'expliquer pourquoi, ça s'est fait comme ça...

— Je ne sais pas si on dit « félicitations » dans ce cas ?

— Euh... Moi non plus..., je ne me suis jamais posé la question. En tout cas, tu m'avais raconté, mais je ne pensais pas que cela pouvait être aussi...

— C'est vrai que ça peut être génial, mais la première fois, souvent...

— Tu veux dire que les prochaines seront encore mieux ? Parce que ça ne me semble pas possible...

— Je ne sais pas te dire, ce sera à toi de juger...

— Oui, enfin, s'il ne me lâche pas, maintenant qu'il a eu ce qu'il voulait. Ce que tous les hommes veulent. Une fois obtenu, il n'y a plus trop d'intérêt. Du moins, c'est ce que m'a toujours fait comprendre ma mère !

7

Victor appela Adèle l'après-midi même. Il l'emmena de nouveau dîner.

Les jours, les semaines passèrent. Les tourtereaux devinrent inséparables. S'ils n'étaient pas ensemble, ils s'appelaient. Lisa, comme beaucoup d'autres, eut du mal à comprendre. Tout opposait Adèle et Victor. Elle poursuivait son droit, lui travaillait déjà depuis deux ans en tant que peintre en bâtiment, avec l'objectif bien ancré d'ouvrir un jour son entreprise, comme en rêvaient ses parents. Elle était autant désorganisée que lui maniaque, autant idéaliste que lui pragmatique. Tous pensaient que l'étincelle s'éteindrait un jour comme elle s'était allumée. Tous les deux donnaient pourtant l'impression de vouloir braver une certaine logique et, malgré leurs différences, ils restaient unis.

C'était, à leur manière, une façon de faire un doigt d'honneur au conformisme.

Leur première dispute n'explosa qu'après plusieurs mois. Presque une performance.

Partie d'une broutille, elle donna lieu à une remise en question, des pleurs et une réconciliation sur l'oreiller, comme il se doit et comme cela se reproduirait bien des fois par la suite.

Après trois années, Victor demanda Adèle en mariage. À genou, une bague dans une main, un bouquet de fleurs dans l'autre. À l'endroit même où ils avaient eu leurs premiers ébats. C'était presque comme dans un roman.

La cérémonie fut tout ce qu'il y a de plus traditionnelle : *Ave Maria*, petits fours et ouverture de bal par les mariés sur la voix tonitruante de Whitney Houston et son « I Will Always Love You ».

Lisa, témoin, s'était évidemment prêtée au jeu. Quelque chose, pourtant, l'ennuyait. Elle ne reconnaissait pas son Adèle, celle qui voulait partir faire le tour du monde en van, celle qui voulait aider les populations malheureuses du Bangladesh, celle qui refusait de suivre un modèle social. Adèle faisait exactement le contraire. Et semblait pourtant heureuse.

Quelques semaines avant le mariage, Lisa avait tenté de lui parler.

— Mais enfin, ma belle, ce genre de discours, c'est bien quand on a quinze ans, pas vingt-deux. Ce sont des projets de gamine, qui se réalisent pour une personne sur mille.

— Non, Adèle, je ne pense pas. On a la vie que l'on se choisit.

— Alors disons que j'ai choisi de ne pas faire de mal à Victor.

— Lui faire du mal en étant toi-même ? En assumant tes projets, tes idées, tes envies ?

— En choisissant de ne pas m'y conformer si cela peut me permettre de le garder, ou du moins de ne pas le perdre.

— Mais en te perdant peut-être toi-même.

— Encore faudrait-il savoir qui est ce « moi-même » ? Je ne perds rien, Lisa, j'avance.

— Dans la bonne direction ?

— Je l'espère.

Lisa n'avait plus reparlé de tout cela à Adèle. Elle se contenta d'être présente lorsque sa meilleure amie avait besoin d'un mouchoir après une dispute avec son mari. Les désaccords étaient cependant vite évincés : Adèle s'écrasait, Victor dominait.

Pour autant, leur bonheur ne semblait pas feint, leur entente sincère.

Au plus profond d'Adèle un étrange sentiment persistait pourtant. Quelque chose d'assez indéfinissable, comme enfoui sous une masse d'impressions contraires. Un doute peut-être ? Elle ne savait pas trop l'expliquer, et d'ailleurs n'en parlait pas.

Quand cela survenait, elle s'accrochait à l'idée que tout ceci était normal, que chaque couple se pose des questions, que l'on ne peut jamais être totalement sûr de ses choix…

Parfois, ils avaient de longues conversations sur la politique, sur la débilité de certaines émissions télé et, surtout, sur le travail de Victor. Il pouvait en parler pendant des heures, même si c'était pour répéter des considérations toujours identiques: « Untel est courageux, mais il n'est pas reconnu par la hiérarchie », « Untel est gentil mais tire-au-flanc », « Tu sais qu'Untel a fait une énorme connerie sur le chantier de la Bève ? ».

Ses propos n'intéressaient pas du tout Adèle mais elle le regardait parler. Elle appréciait les mots qu'il employait, et admirait cet homme en puissance, en se disant que, décidément, elle voulait encore le voir évoluer, mûrir, vieillir… Surtout vieillir avec lui, continuer de dormir à ses côtés, pour mieux s'éteindre, un jour, ensemble.

Dans ces moments, elle était persuadée que rien ne pourrait les séparer. Victor était la chance de sa vie, jamais elle ne trouverait un être qui l'aime autant.

Mais Adèle s'étiola. Progressivement. Insidieusement.

Il fallut peu de temps pour qu'elle devienne totalement dépendante de lui. Jamais financièrement toutefois. Mais psychologiquement. Au quotidien.

Victor avait-il bien dormi ? Rien ne l'avait-il dérangé durant son petit-déjeuner ? Le temps était-il clément ? La journée pouvait alors bien commencer pour elle. Il était de bonne humeur, l'embrassait dans le cou, remarquait sa nouvelle tenue, « un peu courte mais tellement sexy ! ». Pourtant, au fur et à mesure de la journée, un événement, aussi minime soit-il, risquait de venir tout gâcher. Le tuyau d'eau qui ne fonctionnait pas, les piles de la télécommande qui étaient mortes (« Tu ne penses jamais à en acheter d'avance ! Comment veux-tu que je ne m'énerve pas ! »), la porte du placard de la cuisine qui était restée coincée, sa chemise grise qui n'avait pas été repassée…

La roue tournait, la pluie revenait, accompagnée des bougonnements de Victor. Adèle vacillait en un rien de temps. Elle pouvait se sentir aussi bien que mal en quelques heures. Son discernement finit par se troubler. En même temps que ses propres opinions et sa joie de vivre. Elle en arriva à s'incriminer elle-même (« Je dois faire des listes de courses plus organisées », « Je dois être plus régulière dans mon repassage »). Elle en vint même parfois à douter de son identité.

C'était comme s'ils ne faisaient plus qu'un, mais l'un était toujours dans l'ombre de l'autre. Et c'était toujours le même qui tenait la place de l'autre.

Puis Cloé arriva. Avec autant de douleurs que de bonheur.

Les neuf mois d'attente furent parmi les plus beaux de la vie d'Adèle. Elle ne pensait qu'à cette petite fille qui viendrait égayer leur foyer et leur vie. Même l'accouchement n'avait engendré aucune crainte, tant cela semblait être un acte banal pour tous. Pourtant…

8

Les souffrances physiques s'estompèrent au bout de quelques mois. La souffrance morale, elle, resta campée là, tapie. Elle resurgissait quand bon lui semblait, autant pour Victor que pour Adèle. Ni lui ni elle ne parvenait à oublier cette nuit du 22 juin.

— Victor ? Je peux vous appeler Victor ?
— Oui, docteur.
— Je dois vous poser une question délicate. Sachez que nous ferons tout pour que cela n'arrive pas, mais les choses se présentent mal. Nous préférons anticiper. Laquelle voulez-vous… Enfin, devons-nous… euh… Vous voyez ?
— Pas du tout.
Dans la pièce d'à côté, Adèle avait hurlé. Une nouvelle contraction ?
— Très bien. Je vais essayer autrement. Nous ne pourrons peut-être pas sauver les deux.
— Pardon ?

— Votre femme et votre fille. Le travail s'annonce très compliqué, donc…

Victor s'était levé, s'était pris la tête dans les mains. Il avait voulu hurler. Il l'avait fait en silence. Puis il s'était assis et avait pleuré.

Les cris d'Adèle avaient redoublé, le médecin était sorti. Juste avant de claquer la porte, il avait glissé : « Je vous laisse revenir vers moi, quand vous serez prêt. »

La maman et le bébé s'en étaient sortis, sans que personne ne comprenne réellement par quel miracle.

Ni Adèle ni Victor ne souhaitaient plus l'évoquer, pas même entre eux : verbaliser signifiait faire exister, et ils ne voulaient plus que ce moment existe. Ils mirent leur mouchoir dessus et ne le retirèrent plus, d'un commun accord tacite.

Comme dans de nombreux couples, l'arrivée de Cloé créa un cataclysme aussi prévisible qu'inattendu.

« Du changement, c'est sûr », disent ceux qui veulent encore rester optimistes. « Que du bonheur ! », disent les menteurs.

Adèle découvrit une source d'amour incommensurable, en même temps qu'un sentiment de culpabilité inaltérable, comme si l'un n'allait pas sans l'autre. Toujours accompagnée de cette idée qu'elle ne pouvait être à la hauteur des deux.

9

Deux mois après l'arrivée de la petite Cloé, Lisa partit vivre à Paris.

Simon avait réussi son concours. Une école d'ingénieurs lui ouvrait les bras, en même temps que sa chère maman son porte-monnaie. La Ville lumière s'offrait à eux.

Ce fut pourtant la même vie qui reprit. Juste à une échelle plus grande. Seul leur appart avait rétréci. Ils passèrent d'un confortable T2 à un studio « exigu mais cosy avec kitchenette et mezzanine et de nombreux placards » (trois, en fait, si on comptait celui de la salle de bains dans lequel Lisa pouvait à peine glisser une paire de chaussures, sans la boîte, évidemment).

Entre le travail, le métro et la routine du quotidien, ils se disaient parfois que leurs plus belles années étaient derrière eux.

Mais ils s'aimaient. Beaucoup, et continuellement. Certains dimanches, ils restaient blottis, alternant siestes, lectures et câlins. Ils étaient juste bien, parce qu'à deux.

Ils rentraient moins souvent dans le Nord, et souvent en décalé. Sûrement pour se manquer, et avoir le plaisir de se retrouver, déjà à l'époque. Chacun en profitait pour sortir entre amis, voir un bon film ou potasser des cours. C'est dans ces moments-là que leurs corps s'appelaient, que leur attirance physique renaissait de ses cendres.

Quelques disputes, parfois, venaient pimenter ce quotidien bien rodé.

Le bonheur n'est pas toujours gai.

Simon allait pourtant changer la donne un soir. Sans vraiment le vouloir, il allait les faire basculer tous les deux.

C'était sur le pont des Arts. Rien qu'au lieu, Lisa aurait dû se douter de quelque chose. C'était le soir de leur septième année de relation, elle s'en souvint plus tard dans la soirée.

Ils avaient bravé le froid, juste parce qu'ils avaient envie de s'aérer, de sortir de leur vingt mètres carrés.

Ils s'étaient habillés en conséquence : doudoune, bonnet et gants.

Alors qu'elle s'arrêta pour retirer son gant, dans l'espoir d'attraper un mouchoir (un nez qui coule n'est ni agréable ni sexy), Simon s'agenouilla et sortit une petite boîte.

Ce n'est pas vrai ? Mais ils sont où, ces mouchoirs ? elle n'entendit qu'un seul mot, celui que la plupart des femmes rêvent de s'entendre dire.

Son cerveau déconnecta, le mouchoir qu'elle avait miraculeusement réussi à attraper tomba au sol, et ses larmes coulèrent. Comme dans les meilleurs films de série B, ceux de l'après-midi où l'on se demande si le pire est le jeu d'acteur ou la mièvrerie du scénario…

— Oui ! Évidemment !
— Tu ne réfléchis même pas ?
— Bien sûr que non !

Dès le lendemain, elle prit le train pour annoncer la nouvelle à ses parents.

— Nous allons nous marier ! annonça-t-elle triomphalement.

— Il était temps ! furent les premiers mots de sa mère.

— Et avec quel argent ? furent ceux de son père. Parce que moi, j'paye rien ! avait-il ajouté avec élégance.

Son frère sourit, mais compléta tout de même par un « pourquoi vous faites ça ? Ça ne sert à rien ! »

Lisa entendit cet encouragement de très nombreuses fois dans les mois suivants. Tout le monde est content de venir faire la fête mais personne ne comprend l'engagement. Et assez peu le soutiennent. Surtout chez les hommes. Heureusement, cet élan de solidarité serait bientôt remplacé par le traditionnellisime « alors, et le bébé ? ».

Dans une logique bien chrétienne, ils passaient la première étape.

Ils ne le savaient pas encore, c'était la moins douloureuse. Parce qu'ils ignoraient alors ce qu'elle allait engendrer.

Adèle fut beaucoup plus enthousiaste. Quoique.

— Punaise, mais sur le pont des Arts ! Et le soir de vos sept ans ! Et tu ne l'as pas vu venir ?

— Ben non. Ce n'est qu'après tout ça que je me suis souvenue que c'était le jour de nos sept ans ! Je savais que nous en approchions, mais je n'ai pas un calendrier dans la tête !

— Et dans tes toilettes ?

— Oui, mais celui-là, je l'avais pas regardé !

— Tu te rends compte que tu signes un CDI, ma belle ? Ce n'est pas rien !

— Ça fait tellement longtemps, je ne vais pas lui faire repasser un entretien de recrutement ! La période d'essai a été assez longue je pense !

— Et concluante ?

— Faut croire…

Un silence.

— Tu porteras son nom ?

— Disons que c'est l'un des principes du mariage. Prendre son nom. Lisa Lorthois, ça sonne bien, non ?

— Hum… Je ne sais pas… J'aimais bien Lisa Bauchart.

— Oui, mais il est temps. Et on veut des enfants. Vite. Très vite. Et tu sais que dans notre cas, ça peut être long, très long…

— Il ne faut pas obligatoirement être mariés pour ça.

— Si, justement. Mais enfin, je ne comprends pas pourquoi tu es étonnée ? C'est la suite logique des choses, non ?

— Justement. Pourquoi tout serait toujours logique ? Tu ne penses pas qu'il faut tester plusieurs candidats avant de prendre une décision définitive ? Chacun a des compétences différentes…

— Pourquoi aller chercher ailleurs ce que j'ai sous la main ?

— Parce que tu n'as eu que Simon. Tu ne t'es jamais lâchée. Tu n'as jamais fait porte ouverte ! Pas même laissé la place à une petite mission intérim ! J'ai peur que si tu continues, l'entreprise soit bientôt en cessation d'activité !

— Mais enfin, ça ne va pas ? C'est ton cas aussi, non ? Tu n'as eu que Victor !

Adèle regarda sa meilleure amie droit dans les yeux et sourit.

— Justement ! En même temps, je ne m'inquiète pas pour toi, tu es tellement exceptionnelle qu'il y aura toujours un repreneur.

Le plus éprouvant fut de l'annoncer à la mère de Simon. Il faut dire que Mme Simone Lorthois était ce que l'on pourrait appeler une personnalité. À son échelle et selon l'appréciation de chacun.

Fervente catholique toujours prête à cracher la première sur le dos de son prochain, elle ne manquait jamais la messe du dimanche, puisque c'était le meilleur moyen d'obtenir les ragots de tout le quartier en un temps record. Présidente de l'amicale des anciens, adjointe au comité des fêtes culturelles et secrétaire des Petits Frères des Pauvres, elle avait suffisamment d'excuses pour se donner de la contrariété, tout en pouvant afficher cette dernière et ainsi susciter l'empathie. Voire la compassion parfois. La charité était son maître mot, les apparences sa principale ligne directrice.

D'autant que la vie l'avait un peu aidée pour se plaindre auprès des autres : son mari était mort, à quarante-trois ans, dans l'exercice de ses fonctions, lui laissant deux enfants sur les bras, une fortune considérable et le droit de l'idéaliser tout en se lamentant sur sa situation, ce qui s'avéra d'autant plus simple qu'elle ne devait pas vieillir avec lui.

Elle eut le dur labeur d'élever ses deux bambins âgés de huit et douze ans avec l'aide d'une jeune fille au pair employée à plein temps, différente chaque année. Aucune ne souhaitait renouveler un contrat qui consistait à s'occuper de deux enfants gâtés et, surtout, d'apporter un soutien physique et psychologique à une pauvre femme qui noyait son chagrin dans d'interminables séances de shopping, manucures et stages de relaxation dans les différentes îles de la Méditerranée.

Mme Lorthois ne connaissait pas toutes les pièces de son immense maison, et la cuisine lui était quasiment inconnue. Comme la chambre de ses enfants d'ailleurs. Elle avait une vie vide de sens, mais des journées remplies d'activités. Elle n'aimait pas grand-chose réellement. Profondément. À part, peut-être, sa propre personne.

Ses enfants étant sa progéniture, donc une partie d'elle-même physiologiquement parlant, ils bénéficiaient d'un statut particulier : cela l'amenait à s'extasier devant chacun de leurs gestes, chacune de leurs paroles. À trois ans, on peut comprendre (et encore !), mais passé la vingtaine… Elle leur demandait leurs avis pour tout (sans en tenir compte pour autant) et ne se gênait pas pour leur donner le sien, en toutes circonstances, sur tous les sujets et constamment avec cet air de « je dis ça, je ne dis rien ».

« Alors ferme-la ! », avait pensé Lisa bien des fois. Chaque fois, en réalité.

La grande sœur de Simon avait quitté (« fuir » serait un mot trop fort et en même temps, tellement plus proche de la réalité) le foyer à dix-huit ans pour s'installer aux États-Unis, suivant un bellâtre de trente ans qui lui avait promis monts et merveilles et qui avait fini par partir, après trois mois, vers d'autres contrées. Mais New York était resté dans le cœur de la jeune fille prête à tout pour découvrir la vie et ne pas revenir près de sa mère. Malheureusement, parfois, même l'Atlantique n'est pas assez grand. Le refrain identique, à chaque fois, et presque mot pour mot, résonnait aux oreilles de Simon et Lisa lorsqu'ils rendaient visite à Mme Lorthois.

— Jess (Prononcez « Jayssss ». La sœur de Simon avait visiblement changé de nom en changeant de continent) m'a bigophoné de Nouilles Work… (Lisa ne comprenait pas pourquoi elle s'obstinait à prendre un pseudo accent anglais qui s'apparentait davantage à la prononciation de quelqu'un qui parle avec une patate chaude dans la bouche.) Il n'y a pas à dire, ces Américains ont tout de même une largesse d'esprit bien supérieure à la nôtre. En France, on est aussi fermé qu'un tunnel, ou un anus. Je comprends qu'elle soit partie ! Là-bas, c'est la liberté ! La vie !

Venait le grand moment d'envolée lyrique.

Ici, nous sommes sacrifiés sur le bûcher dès nos dix-huit ans. Peut-être même avant ! Condamnés dès la naissance ! Je vous le dis, Sarko a fait beaucoup de mal à ce pays !

(Rapport ?)

Là-bas, les restaurants sont ouverts toute la nuit ! Quelle que soit l'heure, tu peux trouver un supermarché ouvert !

C'est sûr, ça change une vie. Enfin, visiblement.

Lisa ne s'étonnait plus de rien de la part de cette femme qui allait voir des expositions d'art contemporain (« C'est tellement abstrait ! »), qui lisait uniquement des livres de jeunes auteurs (« Avant-gardiste ! L'académie Goncourt ne comprend vraiment rien ! »), et qui se disait connaisseuse de jazz juste parce que, un jour, elle avait écouté un CD retrouvé dans les affaires de son défunt mari. Une personne qui gagnait à ne pas être connue, donc.

L'annonce du mariage engendra une réaction bien pire encore que celle crainte par Lisa. On ne choisit ni sa famille ni sa belle-famille. C'est un coup de poker. Et on peut être très malchanceux.

— Mon Dieu ! Heureusement que je suis assise ! Oh, c'est magnifique ! Mon fils, mon Simounet, mon garçon, mon tout petit garçon !

Elle se jeta dans ses bras en gloussant et se força même à verser quelques larmes. (Bel effort !)

— Oh là là ! Je suis contente ! Mais contente !

(Très bien ! Maintenant tout le voisinage le sait !)

— Et tous ces préparatifs ! Ma tenue ! Ton costume ! Les invités ! Oh ! Mon fils ! Cela va tellement changer mon quotidien devenu si morne ! Mon Dieu, comme je suis excitée ! Quand je vais dire ça à Jayssss…

Elle se rassit, s'épongea, et n'eut pas un regard pour Lisa.

— Simon, je te préviens, hors de question qu'elle fourre son nez partout ! C'est mon mariage !

— Notre mariage !

— Oui, enfin, tu m'as comprise !

— Justement !

Il la regarda et caressa ses cheveux, doucement, comme il savait si bien le faire.

— Lisa, c'est ma mère ! Et je suis son seul fils ! Cela lui changera les idées pendant quelques mois !

— Le souci est que je doute que ses idées soient également les miennes !

— Tu sais, ce n'est pas simple pour elle. Tu connais la situation. Depuis que je suis parti, elle se retrouve seule dans cette grande maison !

— De cent quatre-vingts mètres carrés avec terrain arboré, piscine et coach sportif. J'ai connu pire !

— C'est superficiel tout ça !

— Oui, et elle illustre très bien cet aspect des choses !

Simon soupira, puis l'embrassa.

— Ne t'inquiète pas, ce sera notre mariage, le plus beau jour de notre vie, et il finira dans le plus beau des hôtels, car notre nuit de noces sera la plus intense de toute ton existence… Après celle-ci.

Il promena doucement sa main sous son chemisier, tout en la regardant et en l'effeuillant de sa main libre. Elle ferma les yeux, savourant le moment et se concentrant pour ne pas faire grincer son lit de jeune garçon. Elle glissa, progressivement, dans le plaisir. À cinq reprises.

Elle se réveilla, le lendemain, courbaturée, et sentant encore en elle la présence de Simon. Ce dernier était déjà descendu. Vite, changer les draps. Se dirigeant vers la buanderie, les bras chargés des tissus portant encore les stigmates de leur folle nuit, elle passa devant le salon et saisit certains propos qu'elle aurait préféré ne pas entendre…

— Maman, c'est notre mariage ! C'est nous qui devons nous occuper de ce genre de choses !

— Mais, enfin, mon Simounet ! Laisse-moi mettre ma pierre à l'édifice ! Je suis ta mère tout de même ! N'oublie pas que je me suis sacrifiée pour vous élever, ta sœur et toi ! Tu pourrais être plus reconnaissant ! Déjà que je te laisse épouser Lisa qui, il faut bien le dire, n'aurait pas été mon premier choix…

— Mais c'est le mien !

— Oui, bon, je respecte, ne m'en demande pas trop non plus ! Elle, elle devra déjà s'occuper de sa robe. Et si ce sont ses parents qui lui payent, elle risque de se retrouver en guenilles ! Il faudra que je veille au grain !

Lisa fulminait. Il fallait qu'elle s'éloigne au plus vite de cette maison, et surtout de cette femme toxique. Trop tard, la porte s'ouvrait.

Elle tourna rapidement les talons et regagna la chambre, oubliant de déposer les draps dans la buanderie.

Durant ce week-end particulier, la dernière épreuve à passer pour Lisa fut le petit-déjeuner du dimanche matin. Elle se rendit dans la salle à manger dans l'espoir de boire tranquillement un café.

C'était sans compter sur Mme Lorthois qui l'attendait, tout excitée.

— Ma future belle-fille ! Comment vas-tu ? Bien dormi ? Assieds-toi ! Prends un café ! Et des croissants ! Figure-toi que j'ai réfléchi !

Ben tiens… Le fait était assez rare pour qu'on le souligne, c'est vrai.

— Tu verras, tu vas me remercier !

Pas sûre…

— J'aimerais t'offrir la chose dont tu vas manquer le plus dans les prochains mois : du temps !

Ça commençait à devenir difficile de simuler une mine agréable.

— Je vais m'occuper de tout ! Une vraie *wanding plener* comme on dit ! La salle, la déco, le traiteur ! Justement, la fille du voisin s'est mariée il y a deux mois ! Oh ! Un beau mariage, ils ont invité presque toute la rue ! Exquis, vraiment ! Il me suffira de récupérer les adresses ! Et ce sera sans difficulté puisque Mme Lefevre me doit une petite faveur. Oh ! mais surtout, ne t'inquiète pas, je te demanderai ton avis ! Enfin, parfois ! Il faut garder quelques surprises !

Ce n'est pas obligé…

— De ton côté, tu pourras te concentrer sur ton seul objectif : être la reine du jour ! La plus belle de toutes ! Le travail sera peut-être considérable, mais en s'y prenant tôt…

10

Elle était magnifique dans cette robe longue et simple confectionnée par Nanette, la grand-mère de son désormais époux. Elle verrait pendant de nombreuses années Simon, devant l'autel, le regard admiratif comme elle ne lui en avait plus jamais vu depuis. Elle entendrait aussi longtemps les gloussements de Simone, qui étaient venus ponctuer la cérémonie religieuse.

Le vin d'honneur se déroula au milieu d'un immense jardin. Le soleil s'invita, lui aussi, et trouva parfaitement sa place parmi les convives.

Le repas et la soirée furent à l'image de la journée : simples et raffinés. Il faut dire que les amoureux avaient pris toutes les précautions possibles, et notamment celle d'éloigner Simone des parents de Lisa. Si cela avait été possible, les familles auraient été mises dans deux salles différentes, mais ce geste aurait pu être mal interprété par certains.

On peut mélanger les gens, mais on ne peut mélanger les mondes.

11

Pendant une très longue période, Adèle s'aveugla, tétanisée par la réalité qui se présentait à elle. Son seul sursaut eut lieu quatre ans après la naissance de Cloé et deux ans après le mariage de Lisa.

Bien que cela lui trottât dans la tête depuis quelques semaines, elle prit subitement sa décision un matin, en se levant. Cloé avait grandi, et elle ne voulait pas passer à côté de voir ce bonheur se reproduire. De toute façon, c'est ainsi qu'elle avait toujours envisagé les choses: le mariage, la maison, le premier enfant, puis le second. L'arbre au milieu du jardin. Le chien (un labrador, Max). La balançoire. Les vacances au camping en été. Les repas chez les beaux-parents le dimanche midi. Une vie tranquille, paisible, rangée. Celle dont tout le monde rêve. Ou pas.

Victor ne semblait pas avoir les mêmes plans. Il s'était détaché ces derniers temps. Probablement une passade. Ou son boulot qui le contrariait. Ou son envie d'ouvrir son entreprise. Un deuxième enfant réglerait (sûrement) les choses. Et Cloé serait si contente !

Elle annoncerait le soir même qu'elle arrêtait la pilule. Six mois pour « être dedans », cela la menait au mois de décembre. Elle partagerait la bonne nouvelle à toute la famille à Noël ! Le bébé arriverait pour les prochaines vacances estivales. Parfait ! Victor aurait le temps de se consacrer aux travaux du haut en avril ! Pour une fois, ils partiraient en vacances en octobre. Dans le Sud, il y avait encore de belles journées à cette période de l'année. Il faudrait qu'elle pense à prévenir la maîtresse de Cloé. Et à récupérer la gigoteuse bleue chez Valérie.

Comme les choses pouvaient être simples quand on prenait les bonnes décisions !

La réaction de Victor ne fut pas vraiment celle qu'elle attendait. En même temps, elle avait presque oublié qu'il était concerné et qu'il avait son mot à dire…

La discussion de ce soir-là resterait dans leurs mémoires, comme un souvenir, bon ou mauvais. Adèle venait de servir le repas et, à son habitude, elle se noyait dans un flot de paroles.

— Tu sais, Mme Lamblin, la dame de la maison rouge… Mais si, tu sais, elle est un peu surélevée… Eh bien, elle a perdu son mari il y a quelques semaines… Le boucher, ce matin, m'a dit que ce n'était pas une crise cardiaque. Cloé, mange avec ta fourchette ! Pourtant, c'est ce que tout le monde pensait. Mais en fait les circonstances sont assez étranges. Tiens, passe-moi le sel. Au fait, je compte arrêter ma pilule. Les circonstances sont étranges, donc : ils auraient trouvé des marques de strangulation. Et la boulangère a su de bonne part que…

Il avait arrêté de l'écouter. Il la fixait depuis deux minutes. Elle continuait de parler, sans le regarder. Sans même le remarquer. Comme s'il était soudain effacé.

— Pardon ?

Elle releva enfin la tête, étonnée qu'il lui coupe la parole. Voilà qui était bien impoli, et totalement contraire aux habitudes de son mari.

— Oui, je sais, c'est très étonnant. Mais rien que la position dans laquelle ils ont trouvé le corps aurait dû leur mettre la puce à l'oreille, ce n'était…

— Ce n'est pas de ça que je parle !

Il avait haussé le ton sans vraiment le vouloir. Cloé arrêta de mâcher et scruta tour à tour son père, dont le regard s'était subitement durci, et sa mère, qui avait l'air d'une petite fille prise en flagrant délit de bêtise.

C'est pourtant elle qui rompit le silence pesant qui s'était installé.

— Ma chérie, va finir ton assiette dans le salon. C'est l'heure de « Charlotte aux fraises ». Et comme tu n'as pas regardé la télé ce matin, tu as le droit à un petit bonus !

Cloé ne se le fit pas dire deux fois et se précipita au salon, avant que sa mère ne change d'avis. Le bruit du dessin animé vint couvrir les voix de ses parents.

— J'ai bien compris ? Tu veux arrêter ta pilule ?

— Tu as bien compris.

Victor n'avait jamais vu sa femme aussi catégorique. Et même catégorique tout court. Son attitude le décontenança presque autant que la décision en soi.

— Mais pourquoi ?

— Parce que je veux un deuxième bébé.

— Mais pourquoi ?

— Parce que c'est la suite logique des choses.

— La suite logique ? Et selon quelle logique ? La tienne ?

— Qu'est-ce que tu n'as pas compris dans la phrase : « Je veux un deuxième bébé » ?

— Je crois justement avoir trop bien compris ! « Je veux, je veux » ! Et moi dans l'affaire ?

— Ben, je pensais que…

— Arrête de penser ! Ou plutôt arrête de penser à ma place ! Tu crois vraiment que j'ai envie de repasser par là ? Tu as déjà oublié ? Parce que pas moi !

— Mais on ne va pas rester avec un seul enfant ! Les enfants uniques, c'est d'une tristesse ! Et puis, ils sont souvent capricieux, et exigeants, et égoïstes.

— Je te rappelle que je suis fils unique.

— C'est bien ce que je te dis ! Cette conversation en est l'illustration ! Tu ne prends pas en compte mon avis, mes envies, et…

La porte de la cuisine claqua. Quelques secondes après, ce fut celle de la maison. Victor était sorti. Ou, pour la première fois de sa vie, avait fui.

Adèle n'en revenait pas. Elle lui avait tenu tête ! Elle se leva, glissa la main dans son sac, en sortit sa plaquette à moitié entamée. La poubelle l'avala sans rechigner, elle.

Dans le salon, le générique de fin retentit, accompagné de quelques pleurnicheries de Cloé.

Victor avait enfilé ses baskets. Il avait claqué violemment la porte, façon simple de faire comprendre à sa femme son désaccord, mais pas assez retentissante pour lui faire comprendre son dépit, sa colère et ses peurs. Il hésita à la claquer une seconde fois, mais y renonça. Les gonds ne tiendraient pas.

Il se mit à trottiner, sans réfléchir à la direction qu'il prenait. Il ne voulait pas aller quelque part, juste s'éloigner de la maison et de ses habitantes. Et, surtout, du regard accusateur d'Adèle. Comment pouvait-elle ne serait-ce qu'envisager cette idée après ce qu'ils avaient traversé ? Elle n'avait pas pu oublier… Depuis quatre ans, il avait repensé chaque jour à cette nuit-là, il avait revécu chaque seconde des milliers de fois. Il n'avait jamais eu aussi peur, il ne s'était jamais senti aussi impuissant. Et elle voulait renouveler l'expérience? Ce serait sans lui, assurément.

Un autre aspect des choses le rebutait considérablement. Adèle ne s'apercevait pas qu'elle avait construit une relation avec sa fille, en l'évinçant progressivement et, du moins l'espérait-il, involontairement. Plus rien d'autre ne comptait que Cloé.

Deux jours auparavant, il avait justement prévu une soirée toute particulière pour leur anniversaire de mariage. Il avait réservé une table, et une chambre à l'Hostellerie Saint Pierre, dont le cadre magnifique leur permettrait sûrement de passer un inoubliable moment. Il comptait l'emmener, au petit matin, sur la plage, à l'endroit même où tout avait commencé. Alors qu'il s'apprêtait à lui annoncer la venue d'une baby-sitter, elle avait déboulé de la salle de bains, inquiète (ce qui, somme toute, était son état ordinaire depuis quatre ans). Cloé avait 38,2. Adèle n'avait rien voulu entendre. Ou, du moins, n'avait rien entendu. Parce qu'elle n'avait rien écouté. L'arrivée de leur fille avait rendu son ouïe sélective: elle ne percevait plus que les pleurs, les gémissements et les rires de la puce, mais jamais les siens. Ils ne vivaient plus cette aventure ensemble. Il avait bien essayé de s'imposer, au début. À peine l'avait-elle regardé. Elle lui demandait parfois son avis, au début, par principe. Ou pour mieux en ignorer la réponse. Il était devenu transparent: un deuxième enfant le rendrait totalement inexistant.

Quelques mois plus tard, pourtant, entre orages et réconciliations, Adèle, dans les toilettes, la culotte sur les chevilles, triturait le test dans tous les sens. Sans même que Victor ne s'en aperçoive, ou ne donne réellement son consentement, elle était arrivée à ses fins.

Elle appela trois fois Lisa ce matin-là.

Sous la douche, et encore engourdie de sommeil, celle-ci ne prêta pas attention à son portable, avant de le prendre alors que le café coulait. Elle vit les appels et un MMS.

Elle ne saisit pas bien ce que c'était au début, elle agrandit l'image et comprit.

Elle rappela immédiatement sa meilleure amie.

— Punaise ! Punaise ! C'est génial ma chérie !

— Oui. Enfin, je ne sais pas trop.

— Tu es encore sous le coup de la surprise, mais c'est génial ! Tu l'as dit à Victor ?

— Pas encore, je ne l'ai pas vu. Ce soir ! Euh, Lisa… Tu n'es pas… ?

— Heureuse. Je suis heureuse. Un bébé, c'est toujours une bonne nouvelle ! Et mieux ! Pas n'importe quel bébé ! Ton bébé, Adèle !

Le café avait fini de couler. Lisa se servit une tasse, sourit, puis alla sur la terrasse. Elle ressentait ce petit pincement, mais il était presque entièrement recouvert par l'excitation de cette nouvelle. Ce ne serait pas son bébé, mais un bébé quand même.

Huit mois après, Emma pointait le bout de son nez, avec moins de douleurs que pour Cloé ; et peut-être aussi moins de bonheur. Mais seulement pour Victor.

12

Ce fut presque jour pour jour trois ans après cet événement que tout avait changé.

Adèle avait l'impression d'en avoir pris dix depuis la naissance de sa deuxième fille. Sa vie avait dérivé vers une monotonie déconcertante. Elle se levait chaque matin à 6 h 35, faisait couler le café de Victor, se jetait sous la douche avant de réveiller Cloé. Petit-déjeuner, petite toilette et petit moral. À 7 h 50, c'était au tour d'Emma, puis départ pour l'école. Au retour : ménage, toujours dans le même ordre. D'abord les chambres, puis la salle de bains et enfin la cuisine. Repas du midi, café sur la terrasse ou dans la véranda, puis linge, couture, papiers. Sa seule incertitude était l'heure à laquelle Emma se réveillerait de sa sieste. Le soir, c'était devoirs de Cloé, bain, dîner et soirée devant la télé, le plus souvent allumée sur TF1. La seule variante de la semaine avait lieu le jeudi quand elle faisait les courses chez Leclerc et qu'elle voyait d'autres visages, mais finalement toujours les mêmes. Elle n'était visiblement pas la seule à avoir un train-train. L'habitude peut rassurer, la routine peut angoisser. Le week-end n'apportait pas plus de surprises, même les temps de repos étaient programmés. L'imprévu, en même temps que le bonheur, avait déserté son quotidien.

Elle avait l'impression de vivre, mais de ne plus exister.

En trois ans, cette monotonie n'avait été bousculée que par un événement : l'ouverture de l'entreprise de Victor, qu'elle avait eu à cœur de partager avec lui. Mais le quotidien l'avait vite rattrapée : elle avait finalement reculé pour mieux (re)sauter.

Elle ne savait pas si elle allait exploser ou imploser. Mais elle savait que quelque chose arriverait si elle ne réagissait pas. Rapidement. Très rapidement.

C'est ainsi qu'elle se retrouva dans une salle d'attente deux semaines plus tard. Qu'y faisait-elle ? C'était une mauvaise idée, elle en était maintenant convaincue. Autour d'elle, un homme sans âge, affublé d'un jogging Nike des années 1980, ne cessait de pianoter sur son iPhone flambant neuf. À côté, une petite jeune fille qui n'avait pas plus de vingt ans se recroquevillait sur son siège, comme si elle avait souhaité se faire avaler par lui. Adèle n'était pas à sa place. Mais où était sa place ? C'était justement la réponse qu'elle était venue chercher.

La porte s'ouvrit subitement. Dans l'embrasure, une jeune femme posa son regard sur Adèle. Leurs yeux se rencontrèrent, leurs sourires se répondirent. Adèle ressentit comme un étourdissement. Quelque chose d'anormal venait de se passer. Ce n'était pas autour d'elle, c'était en elle. Comme un séisme.

La vie peut parfois ne tenir qu'à une porte qui s'ouvre.

Une fois dans le bureau, elle n'attendit pas que son interlocutrice l'invitât à s'asseoir. Adèle s'affala, pour ne pas tomber.

— Bonjour… (la femme chercha dans ses dossiers) Ah oui ! Madame Brabant. Je me présente : Tania de Villeneuve, je serai votre conseillère ces prochains mois. Alors, dites-moi, madame Brabant, que puis-je faire pour vous ?

— Ça, c'est à vous de me le dire.

Tania esquissa un sourire, et esquiva le regard de la magnifique jeune femme qui se tenait devant elle. Adèle était soudain troublée, presque gênée. Cette femme était… elle cherchait le terme… belle, en fait. Juste belle. Pas simplement jolie, pas non plus splendide. Juste belle. Avec une peau dorée, des yeux noisette et en amande, un chemisier qui laissait deviner une poitrine généreuse et attractive. Elle eut tout de suite envie d'elle. Et elle sut tout de suite qu'elle ne sortirait pas indemne de ce rendez-vous.

Reprendre ses esprits, vite, vite.

— Euh… Oui, donc, vous avez sollicité notre organisme pour un bilan de compétences. Selon les renseignements que vous nous avez donnés, vous avez une licence de droit et vous n'avez pas eu d'activité à la suite de votre diplôme. Serait-ce indiscret de vous demander pourquoi ?

— J'ai eu deux enfants.

— L'un empêche-t-il l'autre ?

— Non, normalement. Mais oui, dans mon cas.

Un temps. Tania la regardait. Cette fois, c'est Adèle qui esquiva.

— Très bien. Avez-vous une idée de ce que vous aimeriez faire ?

— Aucune.

— Souhaiteriez-vous poursuivre quelque chose en lien avec votre cursus initial ?

— Je ne sais pas.

À dire vrai, à l'instant T, elle ne savait plus rien. Elle se sentait absorbée par le regard de Tania. Celle-ci aurait pu lui proposer une formation en sidérurgie qu'elle n'aurait pas eu la volonté de refuser.

La conseillère lui tendit un dossier en lui indiquant de le remplir pour le prochain rendez-vous. Elle devait également interroger deux personnes de son entourage proche afin de remplir un questionnaire. Et rapporter ses papiers d'identité. Et son livret de famille. Et la photocopie de ses diplômes. Le tout pour la prochaine fois.

— Quand est-ce prévu ?

— La semaine prochaine, même heure. Ça vous ira ?

— Oui, oui.

Adèle prit son sac précipitamment et sortit sans même saluer Tania. Elle avait déjà oublié ce qu'elle devait apporter. Mais elle savait qu'elle reviendrait.

13

Adèle s'était réjouie toute la semaine de cette rencontre qui avait été programmée presque autant que fantasmée, pendant tout ce temps.

Assise dans la salle d'attente, elle avait l'impression que son cœur allait sortir de sa poitrine pour explorer les locaux. Elle avait oublié tous les papiers. Mais elle allait revoir Tania. Elle ne comprenait rien de ce qui se passait, et savait encore moins ce qui allait se passer. Elle se demandait pourquoi elle était arrivée avec trente minutes d'avance, peut-être avec l'idée de l'observer entre deux portes, entre deux rendez-vous. Devenait-elle folle ? Elle n'eut pas le temps de réfléchir à la réponse. La porte s'ouvrait.

Tania portait une tunique rouge sur un legging noir, agrémentée d'une ceinture dorée et de bottes marron. Un sautoir en forme de danseuse venait compléter le tout. Une princesse. Non, une déesse.

Elles entrèrent. Tania interrogea Adèle qui n'arrivait plus à émettre aucun son. Elle avait envie de lui répondre pourtant. De préférence en criant.

— Mais je ne sais pas. Je ne sais plus. Vous arrivez, comme ça, avec votre belle gueule et votre voix rauque ! Sans prévenir ! Et du coup, je ne sais plus !

Et elle, en face, qui n'avait même pas conscience qu'elle était en train de lui retourner la tête. Et le cœur. C'est fou d'être aussi aveugle !

En sortant du rendez-vous, vingt minutes plus tard, elle n'avait rien retenu. Excepté que Tania l'avait inscrite à une formation. Et qu'elle serait là. Surtout. Toute une journée pour « découvrir son potentiel ». Tout un programme.

14

Une semaine plus tard, Adèle sortit de sa voiture, s'arma de son parapluie noir, le plus discret, parce qu'elle avait besoin de prendre l'air. Même si cela impliquait de prendre aussi la pluie. Elle était au rendez-vous, et trépignait d'impatience.

8h17, 8h18… Ah! 8h20! Elle avait tenu deux minutes sans regarder sa montre! Une petite victoire!

8h23, Tania prend donc le bus. Le 2C. Ligne bleu turquoise.

Elle se dit soudain qu'elle devait avoir l'air idiote, en dehors de sa voiture, sous la pluie, à regarder Tania se diriger vers elle, sans bouger.

Elle était tout de même bien embêtée. Surtout réfléchir. Ne pas être spontanée.

— Bonjour Tania! Quelle surprise! Vous ici?

Mince. C'était loupé.

— Euh… Oui, je viens animer la formation à laquelle vous êtes inscrite.

Petit sourire complaisant.

— Évidemment.

Durant la journée, Adèle ne prit pas de place. Elle se livra aux différents exercices que Tania proposait au groupe réuni pour l'occasion : des tests écrits de personnalité avec des questions saugrenues, des calculs, des dominos, des formes et des mots…

Le groupe eut droit à un plateau-repas, puis ce fut reparti pour s'exercer à l'oral cette fois. Une journée différente, mais Adèle n'avait retenu que les détails liés à la formatrice, pas à la formation.

La dernière question du jour fut : « Quelle est votre particularité ? »

Vaste question. D'autant plus dur d'y répondre à 17 heures après être resté une journée entière en société quand les seuls bruits que l'on entend habituellement sont des babillements ou des pleurs.

À question abrupte, réponse spontanée. Une participante exprima ce qui lui passa par la tête.

— J'ai failli mourir il y a trois ans. Dans la nuit du 19 au 20 mars.

Cela jeta tout de même un petit froid. Tania la regarda. Différemment.

— D'un accident ?

— Non, non, d'un AVC.

À l'évidence, sa réponse ne réchauffait pas l'atmosphère.

— Euh… peut-être quelque chose d'autre. De plus positif ?

— Euh… je ne vois pas. J'ai un tatouage ?

Tania passa vite au suivant.

— Et vous, Adèle, votre particularité ?

— Je suis assez intuitive. Et je crois que ma vie va bientôt changer.

15

Tania proposa à Adèle de boire un café après la formation. Adèle en fut surprise (Tania avait-elle compris ?) mais surtout très heureuse : elle envoya un texto à Victor le prévenant qu'elle devait discuter avec sa conseillère et qu'elle rentrerait plus tard.

Elles s'attablèrent, se regardèrent et se découvrirent. Les mots volaient, par sauts et soubresauts. Adèle les saisissait au vol, n'en entendait en réalité que la moitié. Entre deux phrases de Tania, elle ressentait son esprit (ou peut-être sa conscience) l'interroger. Elle ne saisissait pas. Ce qui lui arrivait, pourquoi elle était là, pourquoi ses jambes tremblaient. Puis, tout à coup, elle comprit, comme une évidence, le sens de cette formule si souvent usitée, et tellement peu compliquée : « ne pas trop réfléchir ». Elle était dans un moment suspendu, comme il en arrive trop rarement. Elle décida de se laisser porter.

Elle ne retiendrait finalement que peu de choses de ces longues heures de discussion : Tania était célibataire depuis quelques mois. Elle n'avait eu, jusqu'à présent, que des relations courtes ou compliquées. Elle avait toujours su qu'elle était homosexuelle. Sa famille n'avait jamais accepté cette réalité. Sa mère avait même essayé de la pousser dans les bras d'un garçon « bien sous tous rapports », ce qui signifiait dans sa bouche « de très bonne condition sociale », cet aspect permettant de faire fi d'un physique disgracieux, d'un caractère prétentieux et même d'une mollesse intellectuelle foncièrement insupportable. D'aucuns pensent que l'argent peut compenser l'imbécilité, parfois.

Tania observait cette magnifique rousse, face à elle, se liquéfier sous le coup de la surprise. Jamais il ne lui vint à l'esprit qu'elle était à l'origine de tout cela.

16

Victor reçut le texto d'Adèle vers 18h15. Il alla récupérer les filles, tout en s'étonnant de l'investissement professionnel du conseiller de Pôle emploi, surtout quand celui-ci se prolongeait dans la soirée. Mais enfin, inutile de se mettre la rate au court-bouillon: le conseiller était une femme. Il n'avait donc rien à craindre.

Il s'occupa du bain et, ne voyant toujours pas Adèle revenir, se décida à faire chauffer une soupe avant de coucher Cloé et Emma. Il remarqua alors qu'il n'effectuait jamais cette activité, pourtant quotidienne, bien qu'elle soit plus appréciable qu'il ne le pensait. Cela venait justement du fait qu'elle était occasionnelle.

Il s'installa dans le canapé et alluma machinalement la télé. TF1 diffusait *Les Infidèles*. Ne pas avoir Adèle à ses côtés rendait ce moment étrange, presque désagréable. Personne pour écouter ses commentaires ou demander de baisser le son (parce que, potentiellement, une des filles avait respiré plus fort que d'habitude). Personne avec qui partager le thé du soir, dernier rituel de la journée.

Il jeta un œil sur son portable : 21 h 15. Décidément, elles en avaient des choses à se dire !

Il ne parvint pas à s'intéresser au film. Mais à voir Dujardin et Lellouche monter toutes sortes de mensonges pour mieux justifier leurs adultères, il réalisa qu'il avait finalement beaucoup de chance. Adèle lui avait toujours été fidèle, il en était convaincu. C'était une certitude qu'il ne pouvait remettre en cause. Au premier coup d'œil, il avait su : c'était elle. Elle serait la femme de sa vie, la mère de ses enfants, la maîtresse de sa maison. Il avait dû œuvrer pour l'avoir. C'était d'ailleurs la seule chose pour laquelle il s'était un peu battu dans la vie, lui qui était né avec une cuillère d'or dans la bouche, et qui n'avait qu'à claquer des doigts (et à la limite, du poing sur la table) pour obtenir ce qu'il désirait. Grâce à ses parents, ce dont il rêvait la nuit, il l'obtenait le jour suivant. Il était ce que certains nomment « un enfant roi », sans avoir vraiment conscience de cette condition privilégiée. Le refus, comme la frustration, n'avait jusqu'alors jamais fait partie de son vocabulaire. Adèle avait un peu résisté au début : à l'époque, elle s'affirmait, alors que lui avait toujours été un « handicapé de la communication », comme elle le répétait souvent. En même temps, on ne lui avait jamais appris à parler, juste à exiger. Il avait ses (nombreux) défauts, mais il fondait littéralement devant Adèle, au point de perdre ses moyens, tout en sauvant toujours les apparences. Cet amour avait pris tant de place qu'il avait progressivement grappillé celle dévolue à ses amis. Lorsque l'on préfère se taper un film d'art et d'essai de trois heures plutôt qu'aller à un « barbecue pétanque » avec ses copains, il ne faut pas s'étonner de voir ces derniers progressivement s'éloigner. « Ceux qui tiennent à moi resteront », avait-il essayé de se convaincre. À l'évidence, aucun ne tenait réellement à lui. Ce constat, qu'un grand nombre de gens auraient douloureusement vécu, ne l'avait pas même peiné. Selon lui, l'amour ne devait tolérer aucune concession. Sûrement était-ce pour cette raison qu'il s'était toujours montré à Adèle sous son vrai jour, sans jamais dissimuler sa nature profonde.

Il pouvait être parfois exécrable avec sa femme. Ses mots dépassaient trop souvent sa pensée, et ils sortaient avant même d'être invités à le faire. Il avait toujours été un sanguin et un impatient. La moindre contrariété le faisait entrer dans une colère noire. Son égoïsme avait déjà fait couler beaucoup de larmes sur le beau visage de son épouse. Il en était conscient mais ne l'avouait jamais. Il ne lui disait d'ailleurs jamais grand-chose. Pas même « Je t'aime ». Elle le savait.

La communication avait pris entre eux la couleur du silence. C'était son caractère, Adèle l'avait accepté et devait assumer. Elle avait, pourtant, tout sacrifié pour lui. Ses rêves, ses ambitions. Elle s'était lancée corps et âme dans cette relation. Lui aussi, mais à sa façon. Sauf qu'elle, elle le lui montrait chaque jour par sa présence, ses petits gestes, son dévouement. Même pour le sexe, elle le faisait passer en priorité.

Adèle était la seule femme qu'il avait vraiment connue, visitée, explorée même. Cela engendrait parfois chez lui une certaine frustration, surtout quand il passait la journée à entendre les frasques de ses amis. Le soir, il la prenait alors plus violemment, avec peu ou pas de préliminaires. Comme pour se venger de cette vérité dont il était pourtant le décisionnaire : il ne toucherait jamais d'autres fesses que les siennes. Elle gémissait, au début, puis les cris s'accéléraient, devenaient plus forts. Son plaisir décuplait selon les décibels libérés par la gorge profonde de son épouse, de son jouet, de son objet. La sentir asservie et totalement livrée à lui le flattait, et le durcissement qui s'ensuivait n'était que plus satisfaisant. Rien qu'à cette pensée, il avait éprouvé ce soir-là une envie croissante. Dès son retour, il la prendrait. Dans ce canapé, sans même lui laisser le temps de se déshabiller.

Son téléphone bipa :

J'arrive.

Il pensa que ce n'était pas trop tôt, déjà qu'il avait dû tout se taper… puis regretta aussitôt cette pensée. Sans elle, il serait devenu un roi sans couronne.

17

Dans sa voiture, Adèle se dit que la route n'était pas assez longue. Elle éteignit la musique pour s'entendre penser, mais elle n'entendit que les battements de son cœur. Ce moment aurait pu être magique, s'il n'était teinté de culpabilité et agrémenté de tant de questions !

Elle ne comprenait plus rien mais savait une chose : elle était amoureuse. Si ça n'était pas cela, en tout cas, ça y ressemblait.

Cela fut son premier constat.

« Je suis dans la merde » fut le second.

18

Cette situation dura plusieurs mois : Adèle avait le cœur entre deux feux et le cul entre deux chaises. Elle voyait Tania presque chaque jour. Soit la conseillère passait dans l'après-midi entre deux rendez-vous, soit Adèle s'arrangeait pour la rejoindre le soir, prétextant un café avec Lisa ou une course urgente. Leurs retrouvailles, bien que quotidiennes, conservaient un goût d'interdit qui ne faisait qu'embellir, à leurs yeux, cette histoire naissante.

Adèle avait vraiment essayé de résister. Et Tania de s'éclipser, pour ne pas avoir à porter la responsabilité de détruire une famille. Mais lorsque l'une s'éloignait, l'autre se rapprochait. Le magnétisme qui sévissait entre elles était tout aussi inexplicable qu'incontrôlable. Leur rencontre avait été comme une reconnaissance.

Ce qu'elles vivaient était très certainement la chose la plus romanesque qui arriverait dans leur vie. C'est pour cette raison qu'elles ne parvenaient pas à y renoncer. Elles se voyaient de plus en plus souvent et, même, avaient besoin de cette présence, des sourires et des mots. Évidemment, Adèle avait comme un sentiment étrange à l'égard de Victor, mais ne savait dire s'il s'agissait de culpabilité. Après tout, elles ne s'étaient jamais embrassées ! Mais quand commence une relation adultère ? Quand il y a rapprochement physique ? Sentiments ? Ou juste secret ?

Elle aimait faire une demi-heure de route uniquement dans le but de voir Tania entre deux portes. Elle avait l'impression que ces moments volés, mais pas totalement interdits, comportaient une forme de magie. Elle l'observait, juste cinq minutes, et avait l'impression que cette image enregistrée dans son cerveau lui permettrait de tenir quelque temps. Mais ces temps devinrent de plus en plus courts. D'abord trois jours avant qu'elle ne cède. Puis deux. Puis un. Jusqu'à ce qu'il ne s'agisse plus que de quelques heures.

Elle regardait parfois ses filles jouer avec leur père, et tentait de remplacer le visage de Tania par ce beau tableau qui offrait toutes les apparences du bonheur. Elle devait tenir. Pour Victor. Pour Cloé et Emma. Et même pour elle. Faire exploser cette cellule familiale reviendrait à créer trois dommages collatéraux. Peut-être quatre avec elle. Certains soirs, elle se disait qu'elle y parviendrait, qu'elle préserverait cette famille qu'elle avait construite, et qui lui permettait de se targuer d'être une femme accomplie devant les anciennes copines de lycée que l'on croisait au détour d'un rayon de supermarché, ou d'une page Facebook.

Mais d'autres soirs, elle se demandait pourquoi elle s'imposait cette douleur de ne pas être aux côtés de l'être aimé. Qu'elle n'avait qu'une vie. Qu'un tel amour ne se représenterait pas.

Alors elle souffrait. En silence. La nuit, souvent. Et elle pleurait doucement, sans se retourner vers le corps assoupi de Victor qui ne pouvait se douter du désespoir dans lequel se trouvait sa femme.

Mais qu'est-ce que Tania était venue foutre dans sa vie ?

Le plus étrange est que leurs lèvres ne s'étaient jamais touchées, pas plus que leurs corps. Elles savouraient la symbiose, sans y mettre de sexe. Adèle pensait que tant que l'acte n'était pas consumé, la trahison n'était pas complète. Elle se raccrochait à cette idée pour ne pas totalement se détester.

Mais maintenant, il fallait que cela s'arrête. Pour Victor, pour Cloé et pour Emma. Elle savait que ces trois noms l'empêcheraient toujours d'aller jusqu'au bout de cette histoire, mais aussi que le déchirement et la souffrance seraient d'autant plus forts si Tania et elle continuaient d'attendre. Elles allaient se brûler, à force de jouer avec le feu.

19

Adèle prit un matin son téléphone et envoya un texto qui avait paru assez inquiétant à son interlocutrice :

Il faut que nous parlions.
Rendez-vous chez Luciano,
à 12 h 15.

20

Tania l'attendait sur le parking du restaurant. Elle lui ouvrit les bras, Adèle s'y blottit avec un goût de dernière fois. Elles n'échangèrent aucun mot durant cinq minutes, se contentèrent de s'abreuver l'une de l'autre. Leurs regards se croisèrent, elles durent parler.

— Ça va ?

— Et toi ?

— On y va ?

— Si tu veux.

Elles entrèrent, s'attablèrent, ne prêtèrent aucune attention à la carte et demandèrent juste, négligemment, le plat du jour.

— Maintenant, nous devons arrêter.

— Je sais.

— Nous sommes déjà trop loin. Nous n'avons pas le droit.

— Je sais.

— Eux n'y sont pour rien.
— Je sais.
— J'ai construit mon histoire avec Victor…
— Ton histoire ? Peut-être qu'elle est en train de se finir…
— Non, pas celle avec Victor…
— Donc votre histoire… Mais qu'en est-il de ton histoire ? À toi ? La tienne ?
Adèle choisit d'abord de répondre par le silence, puis…
— Je finis par me demander si elle a vraiment commencé, mon histoire…

Le repas fut le moins agréable qu'elles aient partagé. Leur douleur était palpable, leur désarroi silencieux.

Devant la voiture de Tania, elles s'arrêtèrent, se regardèrent une dernière fois. Adèle parla la première :
— Nous n'avons pas le choix. Nous devons arrêter.
Les larmes coulèrent toutes seules. Tania la prit dans ses bras, puis, presque hésitante, glissa lentement sa main sous le chemisier de l'être gémissant qu'elle enlaçait. Elle lui effleura doucement les seins. Adèle sentit monter une certaine chaleur. La main descendit progressivement. Elle baissa les armes, de guerre lasse. Elle ne pouvait plus. Ne voulait plus. Elle recula la tête et regarda Tania droit dans les

yeux. Encouragée, la main continua sa route, passa sous le pantalon, arriva sur les fesses puis lentement, très lentement, contourna la hanche. Deux doigts écartèrent l'élastique de la culotte, et s'enfoncèrent. Adèle ferma les yeux, cette fois, de plaisir, et gémit doucement.

— Est-ce ton cadeau d'adieu ?

— Je ne sais pas.

Adèle l'embrassa dans le cou, se retourna et regagna sa voiture en courant. Elle y monta, démarra brusquement et s'arrêta au bout de cinq cents mètres. Elle éclata en sanglots.

Heureusement qu'elle avait mis ce pantalon, trop large à la taille.

Quelques heures plus tard, ses yeux n'étaient plus rouges. Elle avait déposé Emma et Cloé chez la voisine, et attendait Victor, assise sur le canapé. Elle ne pensait plus, elle attendait seulement.

21

Victor eut à peine le temps de passer la porte.

— Il faut que nous parlions.

— Si tu le dis…

— Nous ! J'ai dit nous ! J'ai employé le pluriel ! Pas que JE te parle, mais que nous parlions.

— Alors, allons-y, parlons…

Un grand silence.

— Alors ?

— Je vais être claire. Je ne te veux pas de mal, Victor, mais je me veux du bien. Quelque chose est arrivé. À cause de moi. Mais peut-être aussi un peu à cause de toi. De ton égoïsme. De ton caractère.

— Carrément ?

— Oui, carrément… Je ne suis plus qu'un meuble. Pire ! Je suis un acquis. Tu n'as plus peur de me perdre. Tu fais ta vie, tu as tes petites habitudes. Tu ne me vois plus. Je n'existe plus. Si ce n'est quand le repas est trop froid, les filles trop râleuses ou les courses pas faites. La vaisselle pas essuyée, le coup de fil d'EDF, la cantine. Je suis là si cela va mal, parce que c'est forcément de ma faute. Tout est toujours de ma faute ! Bientôt, on va me rendre coupable de la guerre en Irak ! De près ou de loin, je dois bien y être pour quelque chose ! Et la maison propre ? Le linge repassé ? Les toilettes désinfectées ? C'est l'action du Saint-Esprit ?

Il n'en revenait pas. Elle était exactement en train de décrire ce que lui-même ressentait, mais de façon inversée. Il était transparent depuis la naissance des filles. Était-il possible qu'ils soient tous deux devenus invisibles l'un pour l'autre, qu'ils se soient perdus en habitant l'un contre l'autre ?

Il la laissa parler. Cette fois, il la regardait différemment. Il sut qu'elle allait lui annoncer quelque chose.

— J'en ai marre, Victor.

— OK. Et ?

— Et quoi ?

— Et qu'est-ce que tu veux me dire ?

— Que j'ai rencontré quelqu'un.

Victor s'attendait à tout. Une remise en cause de leur couple, une envie soudaine de prise de distance. Ou, au pire, une de ses réactions idiotes dont il était capable, qui l'aurait vexée et qui aurait, une fois de plus, déclenché la colère ou la tristesse de son épouse.

Tout.

Mais pas ça. Surtout pas ça.

Il prit sur lui et essaya de réfléchir.

— C'est qui ? Tu l'as rencontré où ?
— Chez Pôle emploi.
— Non ? C'est un *cassos*, en plus ?

Cette question la laissa bouche bée. Que pouvait-elle répondre à cela ?

Victor se leva. Il chercha, tourna. Comme si la réponse avait pu lui être donnée par les meubles de la maison.

— Bon, parle, explique…

— Expliquer quoi ? Je n'ai rien pu contrôler. Ça m'est tombé dessus, comme ça. J'ai essayé, j'ai vraiment essayé de résister. Pour les filles, pour toi. Mais c'était peine perdue. Cela fait dix-huit mois que je suis en lutte perpétuelle. Je m'épuise à me cacher la vérité.

— Plutôt à *me* cacher la vérité.

— Toi, toi, toi ! Toujours ! Non, à moi, car c'est, cette fois, de moi dont il est question.

— Pardon, je pensais être un minimum concerné.

Il fulminait. Il marchait, en long, en large, en travers. Il venait de recevoir un coup de massue.

— Comment il s'appelle ?

— Il ?

— Ben oui, enfin ! Comment *il* s'appelle ?

Il s'approcha d'elle, loin d'être calme. Adèle le regarda droit dans les yeux.

— Elle s'appelle Tania.

22

L'aveu d'Adèle eut sur Victor l'effet d'une bombe. Un passage à tabac, même à dix contre un, aurait été moins douloureux. Du moins le croyait-il.

Il était conscient que cette routine qui s'était depuis quelque temps installée les tuait à petit feu. Pas au quotidien, mais dans leur couple. Dans leur façon de vivre, de se disputer, de se connaître. D'appréhender le corps de l'autre et/ou de faire l'amour.

Mais il n'aurait jamais cru Adèle capable de réagir vraiment, et encore moins de cette façon-là. Pas comme ça. Ce n'était pas digne d'eux.

Ce soir-là, Victor la regarda comme s'il la voyait pour la première fois. Comme s'il la redécouvrait. Elle devint, en l'espace d'un quart d'heure, inaccessible. Et cela le rendit fou de désir autant que de douleur. Il l'avait laissée glisser entre ses doigts, même en refermant le poing.

Tous deux n'avaient pourtant jamais écarté l'éventualité que cela pût arriver ; que l'un d'eux puisse ressentir, tout à coup, quelque chose sans pouvoir le contrôler. Mais au fond d'eux, sans ne se l'être jamais dit, ils avaient toujours cru que Victor en serait à l'origine. Qu'Adèle subirait, et souffrirait.

Il sortit, puis rentra de nouveau dans le salon, espérant qu'il n'avait que fabulé, que cette scène n'avait jamais eu lieu. Qu'il revînt du travail et qu'Adèle serait déjà affairée dans la cuisine à la préparation du repas.

Pourtant, sa femme se remit à parler, revenant sur les deux dernières années.

— Victor, que tu ne m'aies pas toujours rendue heureuse est une chose, mais que tu me rendes malheureuse en est une autre. Je ne mérite pas ça. Et, au demeurant, je n'en veux pas. Pardon, mais on n'a qu'une vie. Et je pense à moi maintenant. J'inverse les rôles. Désolée.

— Adèle, tu ne peux pas faire ça ! Pas ça ! Et pas nous !

— Je suis désolée, Victor.

— C'est tout ce que tu sais me dire ?

— C'est tout ce que je peux te dire…

Elle prit un sac, et referma doucement la porte derrière elle.

Il laissa ses fesses glisser sur le canapé, essaya de réfléchir, en vain. Son cerveau était vidé de toute substance. Mais ses yeux, eux, étaient remplis : il se mit à pleurer. Cette réaction, rarissime en ce qui le concernait, le déstabilisa. Il ne se souvenait plus de la dernière fois que cela lui était arrivé. Il tenta de retenir les larmes, puis les laissa s'échapper et vagabonder sur ses joues. C'était comme un réservoir, qui avait été alimenté durant des années, qu'une goutte avait fait déborder et qu'il fallait maintenant vider entièrement.

Il pleura pendant un temps qu'il ne sut, par la suite, estimer, mais qu'il perçut comme très long. Il pleura sur la perte d'Adèle, sur sa situation, sur les difficultés que ce départ allait engendrer. Mais il pleura surtout sur lui, sur la personnalité détestable qu'il était devenu, sur son égoïsme qui lui revenait en pleine face, comme un boomerang. Il réalisait qu'il se levait, certains matins, juste avec l'envie de faire la gueule. Comme s'il était dépité de se réveiller dans cette spacieuse maison, sans mitoyenneté, et arborée, aux côtés de ses trois femmes prêtes à lui dire sans cesse, et de différentes façons, qu'elles l'aimaient. Inconsciemment, il poussait alors Adèle à culpabiliser et à se faire pardonner pour un fait dont la malheureuse ignorait tout, de la cause à la conséquence. Au fur et à mesure, il avait développé une qualité aussi étonnante que rare : trouver, chez les autres, une raison de justifier sa mauvaise humeur, à lui. Sûrement parce que lui-même ne savait pas l'expliquer. Dans ce cas, les cris et les geignements des filles pouvaient être d'un grand secours. Mais en dernier recours. Avant, il y avait la cafetière un peu trop lente (« Encore une fois, elle ne l'a pas détartrée ! »), la fenêtre ouverte (« Les mouches vont rentrer ! ») ou la bouteille de jus d'orange à la mauvaise place dans le frigo (« Faudra pas se plaindre s'il y en a partout ! »). Face à son épouse, il avait reconnu parfois cette dureté mais ne l'avait jamais avouée. Il avait même affirmé qu'il ferait des efforts. Et avait pris sur lui. Pendant au moins quatre jours. Et même une semaine une fois.

Puis le naturel était revenu au galop. Il eût voulu trouver une solution, se dire que rien n'était définitif. Mais au fond de lui, il savait que c'était trop tard. Il l'avait su dès qu'il avait franchi le seuil ce soir-là, et qu'il avait croisé le regard d'Adèle.

Il avait tout gâché pendant quinze ans, et le paierait pendant trente.

23

Devant chez Tania, Adèle hésita. Frapper à cette porte revenait à changer radicalement de vie. Si elle faisait une bêtise ? Et si Tania n'ouvrait pas ?

Elle n'eut pas le temps de s'interroger plus longtemps. Tania était dans l'entrebâillement. Elles se regardèrent, se rapprochèrent et leurs lèvres se découvrirent enfin.

Une heure plus tard, nue sur le tapis du salon, Adèle gémissait de plaisir. L'orgasme qui suivit bientôt était le premier depuis très longtemps. Elle avait presque l'impression que c'était le premier tout court.

Elles explorèrent leurs corps à plusieurs reprises durant la soirée.

Adèle avait laissé ses doutes sur le seuil.

En ressortant le lendemain matin, elle ne les retrouva pas, et en fut presque heureuse.

Quelques jours plus tard, Adèle apportait les affaires des filles et leur présentait Tania. Cloé et Emma ne posèrent pas de questions, furent satisfaites de leurs nouvelles chambres et s'extasièrent devant l'immense jardin.

Il est certaines évidences qui ne nécessitent pas d'interrogation, et contre lesquelles on ne peut lutter.

Sans le savoir, Adèle venait de prendre le train pour plusieurs années de bonheur.

« À VINGT ANS, JE CROYAIS TOUT
SAVOIR DE LA VIE.
À TRENTE ANS, J'AI APPRIS QUE
JE NE SAVAIS RIEN*. »

* Frédéric Beigbeder, *L'amour dure trois ans*, Grasset & Fasquelle, 1997.

24

Allongée sur son canapé, Lisa réfléchissait aux paroles qu'Adèle lui répétait depuis des mois : « Il te faut chercher au bon endroit. » Facile à dire ! Il n'y avait que pour faire des études qu'elle avait des bribes de compétences. Elle n'avait jamais rien su faire d'autre, malgré de nombreuses tentatives. Son père lui avait d'ailleurs bien répété et ce, dès son plus jeune âge, pour être bien sûr qu'elle ne l'oublie pas. Elle avait l'impression d'être à un tournant de sa vie, mais ne savait pas quelle route prendre, regardant toujours en arrière parce que devant lui était trop obscur. Donc insupportable. L'ignorance a toujours été maîtresse de doutes.

Après son doctorat, l'université avait tardé à lui ouvrir les bras. À peine avait-elle réussi à décrocher quelques heures de TD, le mercredi, puisque ses collègues, principalement féminines, refusaient de travailler ce jour-là afin de rester avec leurs chères têtes blondes. Pour autant, Lisa était bien occupée :

elle donnait majoritairement des cours de français dans un lycée situé en banlieue. La directrice de l'établissement avait en effet considéré (après avoir cependant beaucoup hésité) que, en étant titulaire d'un doctorat en ethnologie, Lisa devait probablement avoir les compétences pour enseigner la langue française à des jeunes de seize ans. Surtout, Lisa était la seule à s'être présentée pour le poste, ce qui avait considérablement motivé la prise de décision. Dans sa grande bonté, cette directrice lui avait également accordé deux heures par semaine de « soutien lecture », ce qui consistait à forcer des élèves désorientés et démotivés à se torturer les méninges avec cette activité qu'elle chérissait tant, mais dont eux ne voyaient aucunement l'intérêt.

Trouver un emploi stable et stimulant, pour Lisa, revenait à partir en quête d'un mouton bleu à cinq pattes qui faisait du scooter.

Les employeurs la regardaient et riaient : « Que voulez-vous faire avec un doctorat d'ethnologie ? Y'a des gens qui s'intéressent à ça ? Ça sert à quoi ? »

Au moins à faire parler les cons…

Sur les conseils de son entourage, elle avait essayé de se lancer dans des activités artistiques, pour se distraire, se « déconnecter » comme disait Adèle.

Le solfège lui était resté totalement hermétique, et lui en était même devenu antipathique.

La peinture lui avait permis de dépenser une belle somme d'argent pour quelques gribouillis que certains, bienveillants, qualifiaient de « conceptuels ».

Autrement dit, totalement incompréhensibles. D'ailleurs, même elle ne comprenait pas ce qu'elle faisait.

Il lui restait l'écriture, domaine dans lequel elle avait toujours cru pouvoir aboutir. Elle avait commencé une quinzaine de manuscrits, mais chacun avait pris une tournure autobiographique et devenait rapidement un pamphlet contre les gens qui l'entouraient, contre le système sclérosé, contre les injustices sociales. Assurément, sur ce point, il y avait de quoi faire ! Mais autant laisser ça aux gens qui s'y connaissaient, et qui avaient de vraies opinions.

Et puis, honnêtement, qui s'intéresserait à ce qu'elle pensait ?

À force d'être entourée de gens qui ont du talent, ou du moins croient en avoir, elle finissait par se sentir toute petite, presque insignifiante.

Finalement, elle était bien comme son père le disait : tête en l'air, inorganisée et bonne à rien. Pas même capable de faire des gosses.

Ce vieux croulant avait raison.

Il y avait pourtant une chose pour laquelle elle semblait avoir quelques prédispositions : enseigner. Son cours d'aujourd'hui lui en avait encore donné la preuve.

25

À sa grande joie, autant qu'à son grand étonnement, ses élèves avaient été intéressés, et même motivants, et avaient fini sur un débat aux accents philosophiques en se posant la question : sommes-nous ce que nous faisons ?

Le problème était épineux.

Lisa continuait de penser qu'il était tout de même réducteur de se dire que les actions définissaient une personnalité.

Mais les compléments du sujet, eux, le pouvaient.

Par exemple : Adèle. Elle était maman, directrice des ventes chez Ugi, photographe et lesbienne.

C'était la vie d'Adèle.

Elle, elle était…

Rien ne venait.

Le téléphone vint interrompre sa rêverie solitaire.

— Ça va ?

— Oui, et toi ? Je ne m'attendais pas à ce que tu m'appelles aussi tôt. Il y a un problème ?

— Le chantier a pris du retard, je ne pourrai pas rentrer vendredi.

Elle finissait presque par avoir l'habitude et ne fut pas étonnée. Juste un peu dépitée. Une fois de plus.

— OK, Simon. Cela fait trois semaines que tu es parti !

— Je sais, mais je n'ai pas trop le choix. Tu sais ce que c'est… Je suis vraiment désolé. Tu me manques aussi beaucoup !

— Mouais…

— Si tu faisais l'effort de me rejoindre, pour une fois.

— Non. Tu sais bien que ce n'est pas possible. Bon, tu peux rentrer quand ?

— Le mardi d'après. C'est juste trois jours de plus, c'est plus grand-chose.

— Si tu le dis… mais j'ai cours mercredi. Donc on ne pourra pas passer la journée ensemble. Il faudra attendre jeudi.

— Plus c'est long, plus c'est bon ! Allez, je te rappelle ce soir, à l'heure habituelle. Je dois y retourner, Thierry me fait des grands signes. À plus, ma chérie !

— À tout à…

Il avait déjà raccroché. Encore un week-end sans lui. Cette idée saugrenue qu'il avait eue d'accepter les déplacements en Asie !

Il avait ses raisons.

Elle le savait. Et elle les connaissait.

Mais tout de même.

Elle s'extirpa avec difficulté du canapé et se dirigea vers la cuisine pour enclencher la bouilloire. Snoups vint se glisser entre ses jambes. Il cherchait des câlins. Elle le repoussa gentiment. Elle n'était pas d'humeur.

Elle s'arrêta devant l'immense miroir du salon et afficha une moue dépitée. Elle avait reperdu au moins deux kilos. Simon s'en apercevrait, c'est sûr. Elle n'avait plus de seins, juste deux espèces de poires pendouillantes, qui ne remplissaient même pas son soutien-gorge.

Son ventre était très joli, si l'on arrêtait son regard à la place laissée entre les deux fruits tombants, et le début de la jungle (dans les mauvais jours) que l'on appelait étrangement le «maillot». Ses fesses étaient rondouillardes, mais agréables. Pas assez rebondies, peut-être ? Ses jambes étaient sa petite fierté : longues, fines et bien dessinées. Le reste était assez commun.

Depuis quelques semaines, son joli minois était agrémenté de deux gros boutons rouges sur la joue et sur le menton… Ce qui ne manquait pas d'attirer le regard, et de souiller cette pâleur si souriante, et douce parfois.

Ce week-end, elle en profiterait sûrement pour aller voir Nanette. Elle était finalement presque aussi seule qu'elle.

26

Le dimanche matin, elle avait appelé Nanette, qui lui avait répondu à la troisième sonnerie (toujours faire croire que l'on n'attend pas derrière son téléphone !).

— Oh ! Ma puce ! Oui ! Viens ! Je ramassais justement mes premiers haricots ! Nous pourrons les goûter ensemble ! Nous profiterons du beau soleil de Gouvieux.

Elle lui ouvrit la porte, tout endimanchée. Elle ne se serait pas mieux habillée si elle avait reçu le président de la République. Ou sa propre fille. Cela fit sourire Lisa.

La grand-mère de Simon était un bout de femme de quatre-vingt-trois ans sur qui la vie ne semblait pas avoir passé. Du haut de son mètre cinquante-quatre, elle respirait une sorte de joie de vivre mêlée d'une plénitude parfois déroutante. Elle vivait dans une petite maison que son mari avait retapée entièrement avant d'être emporté, un matin, par une crise cardiaque, alors qu'il n'avait que soixante-deux ans. C'était il y a vingt ans déjà… Ses dernières paroles avaient largement témoigné de ce qui était important pour lui : sur le brancard, il avait réussi à articuler ces quelques mots qui resteraient gravés pour toute la famille : « Qui va s'occuper de mes patates ? »

— Pierre-Yves m'a mise à l'abri, dans cette petite ville, ou cette grosse campagne, c'est selon… C'était un bon homme, un bon mari et un père exceptionnel, ne cessait de répéter Nanette.

Ce n'est pas ainsi qu'elle le percevait quand il était vivant, selon Simon. Mais c'est toujours quand les gens sont morts qu'on les encense le plus. En même temps, les critiquer alors qu'ils ont trépassé s'assimilerait à de la goujaterie, ou du cynisme. Voire de la cruauté.

Nanette continuait à parler à son cher époux comme s'il vivait encore à ses côtés. Elle lui demandait des conseils pour le jardin, lui étalait la vie de ses délurés voisins, lui expliquait comment celle du 3 avait réussi à dissimuler l'incarcération de son fils (« Tu m'étonnes qu'elle a honte, la pauvre femme ! Cinq ans d'incarcération ! Et visiblement, juste pour de la pelouse ! Enfin, de l'herbe, mais c'est pareil… non ? »). Elle parvenait même à se disputer avec lui parfois, ce qui donnait lieu à des scènes aussi étranges que cocasses. Cette funeste cohabitation ne lui avait pas permis de refaire sa vie. Cependant, elle ne le souhaitait pas : elle avait l'impression de goûter aux joies du mariage sans les inconvénients.

Il est épatant comme on peut parfois se donner l'illusion du bonheur.

— Ma puce, entre, entre vite ! J'ai préparé un petit muscat au jardin ! On a bien le droit ! C'est dimanche tout de même !

Nanette entraîna Lisa au milieu du potager. Elle mettait un point d'honneur à le cultiver seule. C'était une petite parcelle, mais on y trouvait des tomates, des radis, des pommes de terre et, quand le temps était clément, des poivrons, jamais plus gros que des piments.

Cet endroit, au calme, bercé par quelques rayons de soleil ce jour-là, respirait la reposante simplicité autant que l'étouffante solitude.

Nanette avait sorti la nappe des grands jours, et s'activait pour aller chercher des Tuc. C'était le seul gâteau apéritif qu'elle se permettait d'acheter, parce que c'était les préférés de Pierre-Yves.

Peut-être pensait-elle qu'il descendrait un jour de là-haut, juste pour en manger un ?

— Bon, qu'est-ce qui ne va pas, ma puce ?

Mince ! Elle était à peine arrivée que Nanette avait déjà senti. Elle savait. Tout. C'était comme si elle avait un sixième sens. Ou un mouchard sur le portable de Lisa.

La jeune fille repoussa ses mèches folles et tenta, dans un ultime instinct de protection, de dissimuler son mal-être.

— Ben rien. Je n'ai pas le droit de venir voir ma Nanette de temps en temps ?

— Lisa, arrête donc de me prendre pour une idiote. J'ai quatre-vingt-trois ans mais je ne suis pas encore sénile, ni aveugle. Tu n'as pas posé ton manteau sur le fauteuil, mais sur le portemanteau. Tu n'as pas rechigné quand je t'ai proposé un petit muscat. Tu n'as pas sorti ton portable, et tu viens même de prendre un de ces biscuits immondes. Qu'a encore fait mon petit-fils ? Quelle que soit ta réponse, n'oublie pas deux choses : votre amour doit être tellement fort qu'il est capable de tout surpasser (sans quoi, tu perds ton temps). Et, surtout, quoi que tu fasses, fais-le intelligemment.

— Enfin, Nanette, j'aime Simon plus que tout, vous le savez.

— Non, peut-être crois-tu l'aimer. On peut parfois se tromper. Et même se mentir à soi-même. Juste pour se rassurer. Et ressembler à un modèle. Entrer dans une case. Un couple est quelque chose de difficile à élever, et d'encore plus difficile à éduquer, et à entretenir. L'amour, c'est comme un potager, ça s'entretient. Et si un jour plus rien n'y pousse, c'est sûrement parce que les graines ne sont plus bonnes.

Après, il faut savoir faire des concessions.

Accepter que les concombres ne soient pas tous les ans tout à fait verts, et les tomates tout à fait rouges. Avoir un potager parfait et sans mauvaises herbes est impossible. Cela reviendrait à dire qu'un jour, nous, les femmes, nous serons toutes des princesses… et que le prince charmant n'est pas l'un des plus gros mensonges de ces trois derniers siècles.

— Mais il existe sûrement. C'est juste qu'il n'est peut-être pas à l'image de ceux que l'on trouve dans les contes.

— Foutaise ! Crois-tu que la vie puisse vraiment ressembler à celle de cette pimbêche de Cendrillon, ou de cette idiote de Blanche-Neige ? Mensonge ! Tromperie ! Il faudrait commencer par raconter la vérité aux petites filles ! Leur expliquer qu'elles tomberont amoureuses d'un être dont la journée est finie une fois qu'il arrête de penser à lui. Les prévenir que les belles paroles, les cadeaux, les fleurs, c'est les deux premières années. Après, tu as le droit, le soir, quand il rentre, à « qu'est-ce qu'on mange ? » ou « encore une nouvelle tenue ? ». Et surtout, surtout, leur dire que ces êtres masculins n'ont pas tous le cerveau entre les deux oreilles, mais entre les jambes ! Une paire de seins bien potelés, et ils ne répondent plus de rien !

Lisa était impressionnée. Nanette avait débité tout ce discours d'une façon douce mais catégorique, comme si elle l'avait répété. Elle pensa alors que la mort de Pierre-Yves avait sûrement facilité leur vie de couple.

La vieille dame, tout excitée, avala deux gorgées de muscat et alluma une cigarette. Une de ces longues allumettes blanches et fines qu'elle fumait depuis soixante ans. Uniquement le dimanche parce qu'elle avait tout de même un peu peur du cancer.

— Et ton livre ?

— Quoi ?

— Tu n'écrivais pas un livre ?

— Euh, si… (Lisa ne se souvenait pas en avoir discuté avec elle… Encore un coup du sixième sens.)

— C'est quoi le sujet ?

— Justement, je le cherche encore.

— Mais alors, tu l'as, sous tes yeux, le sujet ! Je viens de te le dire ! Regarde autour de toi ! Ou écoute les informations ! Les reportages l'après-midi, à 14 h 10 (mais ils sont souvent en retard) sur France 3 ! Écris l'histoire d'une princesse ! Mais dans le genre… actualisée ! Modernisée ! Avec un prince qui roule dans une vieille 205.

Lisa sourit. Cette Nanette était incroyable ! Un petit brin de femme dynamique et tellement généreuse en plus d'être ingénieuse !

— Imagine, elle a eu une enfance malheureuse, a dû quitter le foyer pour toutes sortes de raisons, puis s'est fait faire un bambin à quinze ans pour toucher les allocations ! Avec un patron bien lourd, qui scrute ses fesses dès qu'il en a l'occasion ! Et qui travaille avec des personnes ayant trouvé un médecin suffisamment conciliant pour leur donner des arrêts maladie à tour de bras ! Et une belle-mère qui ressemble à une vieille sorcière. Et, sur ce point, là, tu pourras puiser ton inspiration dans la réalité, en plus !

— Mais ce ne serait plus un conte ! Et ça ne s'adresserait plus aux enfants !

— Tu as raison, ce serait juste la réalité. Et elle, tout le monde la subit, pas besoin de l'écrire.

27

Le soir même, de nouveau affalée sur son canapé, elle regardait à travers l'immense baie vitrée qui donnait sur le jardin arboré. Le temps s'était assombri depuis son retour de chez Nanette. Elle avait juste eu le temps de rentrer avant que des gouttes ne commencent à tomber.

Heureusement qu'elle avait cette maison.

C'était devenu son cocon, son petit coin de paradis à quelques kilomètres de Paris. Cette bâtisse ressemblait exactement à celle dont elle avait toujours rêvé, à celle qu'elle dessinait étant petite, avec un grand terrain et, surtout, un arbre au milieu du jardin, observateur discret mais présent des moments importants de sa vie. De hauts plafonds, de majestueuses cheminées, un jardin d'hiver. Elle avait passé beaucoup de temps à rafraîchir et à décorer ce refuge.

Cela lui avait permis, à l'époque, de ne pas penser à l'essentiel.

Ils s'y étaient installés peu de temps après leur mariage. Il faut dire qu'ils avaient eu de la chance : la tante de Simon était décédée subitement !

Son AVC avait réglé pas mal de soucis, et leur avait permis d'obtenir un confort de vie inespéré.

Cette vieille peau, égoïste et acariâtre, avait légué tous ses biens à son filleul adoré, en prenant bien soin de ne rien donner aux autres membres de sa famille, dans l'espoir, sans aucun doute, de provoquer une ultime querelle.

« Jusqu'au bout, elle aura été garce ! », avait conclu Laura, la belle-sœur, en guise d'éloge funèbre (cela dit, assez réaliste et plutôt à la hauteur du personnage).

Quoi qu'il en soit, Simon s'était retrouvé, du jour au lendemain, propriétaire d'une maison que les économies de toute une vie n'auraient pas suffi à payer.

D'ailleurs, la tante en question ne l'avait, elle non plus, jamais payée. Elle l'avait obtenue grâce à la générosité de son ex-mari. Celui-ci était parti avec une bimbo de vingt ans sa cadette, six mois après leur mariage célébré en grande pompe (le troisième en ce qui concernait ce séduisant bourreau des cœurs). La culpabilité et les menaces aussi récurrentes que violentes de la tante avaient eu raison de ce chef d'entreprise, qui avait bien plus qu'une maison à perdre dans l'affaire. Sa réputation était menacée au même titre que ses magouilles. Il s'était ainsi engagé à verser à son ex-femme éplorée une somme considérable le 1er janvier de chaque année.

C'était sûrement pour cette raison que ladite tante était morte le 5 janvier.

Certaines personnes, quoique très riches, sont décidément dépourvues de toute chance.

Lisa alluma son ordinateur et, comme souvent, se connecta sur le site de Pôle emploi. Encore une habitude, dont elle se serait bien passée : entrer ses critères, détailler chaque annonce, être déçue…

Aujourd'hui, pourtant, une annonce retint son attention. Un éditeur de guide touristique recherchait une traductrice. Bac plus 5, débutant accepté. Cela pouvait lui convenir. Elle qui refusait de prendre l'avion depuis les attentats du 11 septembre, elle voyagerait par procuration, et découvrirait, à sa manière, des endroits extraordinaires. Et puis, de toute façon, il fallait qu'elle gagne de l'argent. Malgré le coquet salaire de Simon, elle avait toujours revendiqué son indépendance financière. Vivre aux crochets de son époux, devoir lui demander de l'argent pour une robe ou un resto était pour elle inconcevable. Elle avait sa fierté. C'était peut-être même une des dernières choses qui lui restaient et qui n'appartenaient qu'à elle.

Elle ouvrit plusieurs dossiers, en quête de celui contenant son CV. Elle le trouva enfin, et réalisa qu'avec un document pareil, même elle ne s'embaucherait pas. Elle le retravailla avant de l'envoyer et de s'écrouler de sommeil dans son lit douillet, mais vide.

Elle fut appelée dès le lendemain et rencontra le DRH l'après-midi même. Celui-ci s'appelait M. Lhermytte. Évidemment, elle fut bien tentée de lui demander si son prénom était Thierry, mais elle se dit qu'on avait dû lui faire un bon millier de fois. Il lui posa des questions aussi étranges qu'éloignées de la raison pour laquelle elle était là.

— Si vous étiez un instrument, vous seriez…

— Euh… Une cornemuse (elle devait avoir des ancêtres bretons).

— Votre pays préféré ?

— La France (c'est le seul qu'elle connaissait réellement).

— Ce que vous voudriez être…

— Un clown (c'est-à-dire l'opposé de ce qu'elle était).

— Êtes-vous Vierge ?

— Non, Verseau.

— Vous avez un niveau excellent en anglais. Vous avez de la famille en Angleterre ?

— Non, je suis allée à l'école. « Friends » m'a été d'une précieuse aide pour l'accent, et les livres de J. K. Rowling pour la grammaire.

— Vous ne voyagez pas ?

— Jamais très loin. Je ne peux pas. J'ai la phobie de l'avion.

— D'où cela vous vient-il ?
— Du 11 septembre.

Il comptait lui demander la couleur de ses sous-vêtements ou il s'arrêterait avant ?

Elle n'avait jamais compris dans quelle mesure ces réponses avaient pu déterminer son embauche. Quoi qu'il en soit, elle signa un contrat de trois mois pour commencer, avec pour mission la traduction de deux guides (la Slovénie et l'Albanie, de quoi la faire rêver, donc). Elle était payée convenablement et, surtout, pouvait travailler de chez elle. Voilà qui viendrait donc compléter ses fins de mois. Elle eut hâte de rentrer pour appeler Simon et lui raconter.

Comme souvent, Simon n'était pas disponible. Elle écouta les cinq sonneries, le transfert sur le répondeur, mais raccrocha sans laisser de message. Elle appela donc Adèle. Celle-ci était dans tous ses états. Tania venait de lui rapporter une conversation qui semblait l'affoler.

— Ça ne te dit pas un café au Pas Sage, dans vingt minutes ?
— J'aurais plutôt besoin d'un double mojito, là !

Le Pas Sage était devenu leur QG depuis quelques mois. À mi-chemin entre leurs deux domiciles, l'établissement était assez peu fréquenté, ce qui leur assurait toute la discrétion dont elles avaient besoin pour échanger sur des questions aussi fondamentales que le boulot, les fringues ou les derniers *gossips*. Elles y partageaient leurs plaintes et épanchaient leurs sourires. Le serveur répondait au prénom atypique de Ronald (certains parents sacrifient leur sens des responsabilités sur l'autel de l'originalité). Malgré tout, il était aussi sympathique et appétissant que ses cocktails.

Adèle arriva, apprêtée comme si elle partait en soirée. La robe noire, scintillante, qu'elle portait, mettait en valeur ses formes généreuses. La belle rousse, aux cheveux longs et frisés, avait redécouvert chez elle une sensualité naturelle qui ne laissait plus personne insensible : après avoir été « l'amie de Lisa » puis « la femme de Victor », et ce durant trop longtemps, elle avait soudain été sublimée par l'amour, physiquement et moralement. Elle avait accepté ses rondeurs et avait compris que ses qualités pouvaient occulter, au moins dans le regard des autres, ses défauts, qui demeuraient somme toute assez relatifs. C'est alors qu'elle avait commencé à vivre pleinement et réellement. Sa séparation l'avait, certes, menée sur une pente glissante, mais elle était remontée, peu à peu et à la force des bras, pour ses filles, pour Lisa, pour Tania, et surtout pour elle-même. C'était une femme épanouie et sûre d'elle que Lisa vit arriver en cette fin d'après-midi baignée par un soleil orangé et couchant.

— Dis donc, tu es magnifique ! Je veux dire : encore plus que d'habitude ! Où vas-tu ainsi affublée ?

— Pff… Arrête de te foutre de moi. Je suis de corvée : c'est la soirée du collège de Cloé, et je me suis engagée pour chaperonner ces petits jeunes de treize ans déchaînés qui pensent bien moins à la musique qu'à… Enfin !

Adèle soupira.

— Il faut bien y passer !

— C'est là que je me dis qu'il y a quelques avantages à ne pas être maman. Alors, c'est quoi le souci avec Emma ?

— Attends, Tania est en train de garer la voiture, elle va te raconter. En attendant, c'est ma tournée !

Les mojitos arrivèrent en même temps que Tania. Elle prit Lisa dans ses bras, comme à l'accoutumée, pour une accolade aussi rapide qu'affectueuse.

— Ça va, ma belle ? Tu as bonne mine !

— J'ai enfin trouvé un truc qui ressemble à un vrai travail !

— Ah super ! Tu vois, il suffisait de patienter ! C'est quoi ?

Tania avait une amitié sincère pour Lisa. Dès leur première rencontre, elles s'étaient plu et il n'avait pas fallu longtemps à Lisa pour comprendre que c'était la personne qu'il fallait à Adèle. Moyenne, des cheveux châtains au carré, souvent habillée d'un jean, d'une veste courte et de Converse (sauf pour les jours de travail, où elle se féminisait de façon très radicale), elle donnait un peu l'image d'une adolescente qui n'avait plus voulu grandir, ou d'une femme qui ne s'était pas encore totalement réalisée. D'une douceur à peine croyable, il ne lui restait qu'une chose de sa famille : la maîtrise parfaite de la grammaire française. Elle était issue d'un milieu très aisé, dont l'orgueil n'avait d'égal que le compte en banque. Tania en avait été plus ou moins rejetée, pour deux raisons : d'abord elle avait voulu travailler dans le social (« Et pourquoi pas l'humanitaire tant qu'on y est ! Vous êtes complètement dingue ma pauvre fille ! » avait été la mémorable réaction de sa mère) ; ensuite, parce qu'elle était lesbienne, ce qui représentait le sacrilège ultime pour cette lignée de nobles catholiques mal embouchés. Assurément, elle et ses descendants seraient bannis. De la famille, dans un premier temps. Et sûrement aussi du Paradis. Bref, elle était la honte des de Villeneuve, celle que l'on n'invite plus aux repas de famille, celle dont on dit qu'elle est partie plusieurs mois pour travailler aux côtés d'ambassadeurs étrangers. Elle était devenue « le sujet dont on ne parle pas », « l'épine dans le pied », « le caillou dans la chaussure ». Tania avait fait front, avait tenu tête, s'était épuisée dans une bataille perdue d'avance. Elle s'était, à l'époque, lancée à corps perdu dans le travail, pour ne plus penser. Le sourire des gens était son salaire, sa récompense et sa compensation. Elle avait renoncé à sa famille et à son coquet héritage, l'un n'allant pas sans l'autre.

— Attends, raconte-moi ce que t'a dit Emma car Adèle a l'air toute retournée et est en train de se mettre la rate au court-bouillon.

Tania prit un air théâtral.

La petite fille âgée de huit ans était venue la voir dans son bureau.

— Tania, je peux te poser une question ?

Elle avait à peine levé les yeux, concentrée sur le dossier qu'elle était en train de traiter, quand la petite était entrée. Emma se tenait au milieu de la pièce, l'air grave.

Tania avait donc posé son stylo.

— Bien sûr pucinette. Que se passe-t-il ?

— Mais tu promets de ne pas en parler à Maman ?

— Cela dépend. Pourquoi ne devrais-je pas lui en parler ? Tu as fait une bêtise ?

— Non, non, pas du tout… C'est juste que ça lui ferait fort mal au cœur, je pense, et je veux pas qu'elle soit triste, surtout pas à cause de moi.

— Dans ce cas, aucun souci. Dis-moi…

— Tu vas pas te mettre en colère ?

— Pourquoi, Emma ? M'as-tu déjà vue en colère ?

— Ben nan…

— Alors ?

Emma avait pris une grande inspiration, dans laquelle elle avait rassemblé tout son courage.

— C'est quoi, une brouteuse? Est-ce que c'est pareil qu'une gouine?

Tania avait perdu aussitôt son sourire, aussi bienveillant soit-il.

— Où as-tu entendu ces mots? À l'école?

— Tania, tu m'as toujours dit de ne jamais répondre à une question par une question.

— C'est vrai. Bon, oui ma pucinette, c'est la même chose. Ces mots, très vulgaires je ne te le cache pas, sont synonymes de lesbienne ou homosexuelle. Je crois que tu sais ce dont je parle…

— Donc, toi, t'es une brouteuse?

— Oui. Enfin… il y a d'autres façons de le dire. Je préfère lesbienne par exemple, ou « ayant l'amour du même », mais c'est un peu long, je te le concède.

— Oui, puis les autres de l'école comprendront pas.

— Donc c'est à l'école que tu as entendu ces mots.

— Ben, oui, où d'autre? Du coup, je peux te poser une autre question?

Tania ne savait pas s'il était prudent de répondre oui. Elle essayait de sourire et de paraître naturelle. Tentative totalement avortée pour qui l'aurait vue à ce moment de l'extérieur.

— Bien sûr ma pucinette.

— Tu as attrapé ça comment?

— Euh… quoi donc ?

— Ben « cet amour du même » ?

— Mais enfin, Emma, ce n'est pas une maladie ! « Ça » ne s'attrape pas !

— Ben c'est quoi alors ?

— Mais juste une… un… la nature, en fait. Certains naissent bruns, d'autres naissent homosexuels. C'est comme ça, c'est tout. Cela ne s'explique pas davantage.

— Mais qui t'a dit que t'étais comme ça ? Un médecin ?

— Non, ma chérie, je l'ai su, je l'ai senti.

— Mais quand ?

— Très tôt en ce qui me concerne. À l'adolescence. Mais certains le comprennent plus tard ; comme ta maman par exemple. Ils essaient souvent de se mentir, pendant plusieurs années, et cela les rend malheureux.

— Maman était malheureuse avec Papa ?

— Non, pucinette, je ne pense pas. Mais même si elle était heureuse, elle est maintenant encore plus heureuse, je pense. C'est comme si, avant, elle n'était pas à son maximum.

Emma sembla réfléchir. Tania ne bougea pas.

— Tu crois que j'aurai ça aussi ? Cet « amour du même » ?

— Je ne sais pas ma chérie. Tu es trop jeune pour le savoir. Mais sache juste que si c'est le cas, il n'y a rien de grave…

— Et ça fait mal ?

— Mais non, bien sûr que non ! Je te le répète : ce n'est pas une maladie ! C'est juste de l'amour. Et l'amour, c'est beau.

— Ouais, mais l'amour, ça peut faire mal quand même… parfois…

— Effectivement, Emma, mais c'est pareil pour tous. Homme ou femme. Homo ou hétéro.

— Et on peut vivre sans amour ?

— Je ne pense pas, non…

En voyant la mine déconfite d'Adèle, Lisa se renfrogna et tenta de rester sérieuse.

— Tu crois que je dois l'emmener voir un psy ? lui demanda son amie, paniquée.

— Mais enfin, Adèle, Tania a super bien géré ! Non, elle se pose des questions, c'est normal. Et c'est sain.

— Mais si un jour elle me demande pourquoi tu n'as pas d'enfants, je lui réponds quoi ?

— La vérité. Mentir ne servirait à rien, même si la réalité va alors lui sembler très difficile. Enfin, elle ne le sera jamais autant pour elle que pour moi.

28

Adèle était partie jouer les gardiennes de prépubères acnéiques, tandis que Lisa était restée attablée avec Tania, à boire un, puis deux, puis plusieurs cocktails.

Elles se délectèrent de leurs verres, agrémentés du récit de l'entretien d'embauche de Lisa.

Leur état ne leur permettant plus de reprendre la voiture (la peur de la police) ou le bus (la peur de vomir), elles avaient décidé de retourner à pied jusque chez Lisa. Cette marche les dégriserait.

— Tiens, je me demande s'ils n'ont pas fait des travaux sur cette route. Elle me semble plus tortueuse, moins droite que d'habitude.

— Euh, non, Lisa, je pense que c'est nous qui ne marchons pas droit…

— Voyons le point positif, on parcourt plus de kilomètres à force de faire des zigzags. C'est bon pour les cuisses !

— Simon revient quand ?

— Mardi.

— Ah ? Cela n'a pas vraiment l'air de te réjouir !

— Si, si, c'est juste qu'il repousse sans cesse ses retours… et allonge sans cesse ses déplacements. À croire qu'il en a marre de voir ma tête.

— Mais enfin, Lisa ! Tu sais pourquoi il part.

— Oui ! Pour fuir ! Quel courage !

— Lisa, tu es dure, il a ses raisons, tu le sais.

— Parce que tu penses vraiment que ses raisons sont assez valables pour laisser sa femme seule six mois sur douze ?

— Non, mais suffisamment pour s'abrutir de travail à l'autre bout du monde. Lisa, tu ne dois pas trop lui en demander. Et surtout pas exiger qu'il réagisse comme toi face à la difficulté. C'est un homme. Chaque retour lui rappelle qu'une seule personne l'attend chez lui, alors qu'il aimerait tellement en avoir deux…

— Je le sais. Mais moi aussi je voudrais un bébé. Moi aussi je voudrais un être à notre image… un bébé de l'amour… Il n'est pas le seul à souffrir.

— Oui, mais c'est sa façon à lui d'exprimer cette souffrance… ou de l'occulter.

— C'est vrai.

Elles continuèrent la route en silence.

— Parfois, je t'envie d'être lesbienne.

29

Le mardi lui avait paru interminable. Les heures semblaient ne pas vouloir passer, comme si elles avaient décidé de faire de la résistance. Elle était partagée entre l'envie et l'appréhension. Comme à son habitude, avant chaque retour de Simon, elle avait nettoyé de fond en comble la maison, mis de nouveaux draps, javellisé la salle de bains.

18 h 30 sonnaient enfin.

Sur le quai de la gare, elle réalisa que c'était toujours elle qui l'attendait. Et lui qui arrivait. Elle aussi, elle aurait aimé que quelqu'un l'attende quelque part.

Le train entra en gare, elle essaya de le voir à travers les vitres du TGV qui défilait devant elle. Même à vitesse réduite, c'était un exercice compliqué.

— Ça va ma chérie ?

— Mieux maintenant. Et toi ?

Quand il la serrait dans ses bras, les peurs et les doutes s'envolaient. C'était tout tendre. Tout doux.

Ils rentrèrent immédiatement. Ils dégustèrent un apéro et le repas traiteur que Lisa avait commandé. Des gambas sautées, du canard à l'orange et une tarte meringuée. Ce menu était devenu pour eux un rituel. Ils firent l'amour deux fois, regardèrent la rediffusion d'un documentaire sur la reproduction des lynx et s'endormirent, collés l'un à l'autre.

Une soirée comme ils les aimaient.

Une soirée de retrouvailles.

Demain arriverait bien assez tôt pour tout compliquer.

30

Elle était encore enivrée de l'odeur de Simon, mais elle avait cours avec sa classe de première et devait redoubler d'efforts pour se concentrer. Au programme : le Siècle des lumières. Or, des lumières, c'était à peu près ce qui manquait le plus cruellement dans cette salle de classe, en ce matin d'octobre.

Elle commença par leur demander ce qui s'était passé à la fin du XVIIIe et n'eut pour réponse que des mines ahuries.

— Enfin… Réfléchissez ! Vous connaissez forcément cet événement fondamental !

Silence total, yeux écarquillés et bouches ouvertes. Elle se demandait si, au moins, ils faisaient l'effort de chercher ou juste semblant de réfléchir.

— Je vais vous aider. Pourquoi faites-vous la fête le 14 Juillet de chaque année ?

— Ben parce que c'est férié !

— D'accord, mais pourquoi c'est férié ?

— Parce que tous les flics et les armées se retrouvent sur les Champs-Élysées, et que les pompiers font la fête, donc la sécurité du pays ne peut plus être assurée.

— Je sais ! s'écria tout à coup Arthur, au fond de la classe. Pour que les entreprises de feux d'artifice puissent se faire leur beurre une fois par an !

Cela allait être plus compliqué qu'elle ne le pensait.

— Mais non ! C'est la prise de la Bastille, enfin ! Les œuvres d'aujourd'hui vont vous faire comprendre pourquoi nous en sommes arrivés là. Louis, quel était ton livre ce mois-ci ?

— Ben j'avais qu'un texte en fait.

— Waouh ! La chance ! s'écrièrent quelques-uns. Et dire que nous on doit se taper des bouquins entiers ! Parfois même de plus de quarante pages !

— S'il vous plaît ! Il y a sûrement une raison ! C'était quoi comme texte ?

— Ça s'appelait *De l'esclavage des nègres*.

— Parce que cela ne s'appelle plus comme ça ?

— Hein ?

— Non, laisse… [Note pour plus tard : éviter de faire de l'humour grammatical avec des élèves.] Alors, que raconte ce texte ?

— Ben madame, c'est un truc de fou. Sérieux, ça m'a trop plu. Je pensais pas qu'il y avait déjà des racistes à cette époque. Je pensais que c'était vachement récent comme idée. En même temps, je pensais pas non plus qu'il y avait déjà des Noirs à cette époque.

Répondre à cela était au-delà des compétences de Lisa, qui avait peur de comprendre.

— Ah, bon. Alors, peux-tu expliquer aux autres pourquoi ce texte est si intéressant ?

— Alors en fait, l'auteur, c'est Montesquieu, et on dirait que c'est un représentant du FN du Moyen Âge. Le gars, c'est presque un visionnaire. Il explique pourquoi on a le droit d'exploiter les Blacks, pourquoi ils sont quand même plus cons que nous, et pourquoi c'est pas normal tout ça.

— Louis, es-tu sûr d'avoir bien compris le texte ?

— Ben oui, je l'ai relu au moins trois fois ! Je suis pas *teubé* non plus…

Elle se demanda si elle n'allait pas abandonner, de guerre lasse. Mais sa conscience d'enseignante (encore elle !) le lui interdit. Elle se souvint qu'elle avait également proposé *Candide* aux élèves. Au moins, cet écrit-là pouvait difficilement donner lieu aux contresens.

— Qui avait le *Candide* de Voltaire ?

— Moi, madame.

— Ah ! Gaspard ! Peux-tu nous le présenter ? Tu as cinq minutes.

— Oh là là ! Il ne me faudra pas tout ça ! Alors c'est un gamin, dans un monde un peu fantastique, qui est accompagné d'un vieux. J'ai pas bien compris si c'était son grand-père, mais ça m'a pas empêché de comprendre l'histoire. Il y a aussi une nana qui s'appelle Frénégonde… Euh, nan… Cunégonde. Donc il arrive plein de trucs à ce gamin, parfois un peu bizarres, parce qu'il a le chic pour se mettre dans des situations pas possibles. Mais à la fin, il comprend qu'il faut vivre tranquille, chez soi, loin des autres, et qu'il faut cultiver son jardin…

— Ce qui veut dire ?

— Ben que les produits bio sont toujours meilleurs que les légumes du supermarché, parce que ceux-là, on ne sait jamais d'où ils viennent réellement…

31

Les jours qui avaient suivi furent des journées comme Lisa les aimait. Simon et elle étaient restés sur le canapé, et avaient lu un peu entre deux rapprochements corporels. Ce n'est que vers 17 heures, le lundi soir, qu'elle s'était décidée à bouger, en vue du grand rituel. Chaque fois que Simon rentrait d'un déplacement lointain, une soirée était organisée. Il fallait bien fêter le retour de l'ami prodigue !

Lisa avait fini par détester ces soirs où elle devait faire semblant de se pomponner pour retrouver des personnes aux yeux desquelles elle n'était que « l'épouse de Simon ». Elle ou une autre, cela n'aurait rien changé. Sauf peut-être pour Alfred, leur seul ami célibataire. C'est avec lui qu'elle discutait le plus. Avec lui qu'elle finissait, lors des soirées arrosées, à refaire le monde ou à parler de leurs problèmes. C'était le seul qui était au courant, le seul auquel elle s'était confiée. En même temps, c'était le seul qui la voyait comme un individu à part entière.

Ce lundi soir ne dérogeait pas à la règle. Elle aurait préféré un petit resto en amoureux, mais demain était le 11 Novembre. Tous étaient en congé forcé, c'était l'occasion de remercier les bonnes âmes qui avaient mis fin à la guerre. Enfin, pour ceux qui le savaient. Et ils étaient rares parmi les amis de Simon.

Lisa s'engouffra dans la voiture. Simon avait déjà allumé le moteur.

— T'as pris la bouteille de whisky? T'as pas oublié le coca? Et le dessert?

— Oui!

Elle avait répondu en n'essayant même pas de dissimuler son énervement.

— Pff... Je n'ai pas envie... J'aurais vraiment préféré une petite soirée aux chandelles.

— Moi aussi, ma chérie, mais on ne pouvait pas refuser...

— Pourquoi?

— Ça ne se fait pas.

— Ça ne te pose pourtant aucun souci lorsqu'il s'agit de dire non à mes parents.

— Ne m'emmène pas sur ce terrain glissant, tu sais que ce n'est pas du tout comparable.

— C'est vrai... Entre mon père qui se saoule en nous regardant et tes potes qui se saoulent en rigolant, la différence est... énorme. Si ce n'est que tu te joins à tes potes, pas à mon père...

— Lisa, arrête. Ça n'a rien à voir.

Elle avait monté le volume de la radio. Un vieux titre de U2… un de leurs préférés. Ils avaient souri.

La soirée se déroulait toujours de la même façon. Chacun s'attablait devant un apéro après s'être servi. Excepté Amélia. Jean-Baptiste s'occupait de lui préparer son Martini rouge avec un zeste de citron, sa coupelle de cacahuètes et ses rondelles de saucisson. C'était à se demander si elle ne l'avait pas castré.

Cette fille n'était qu'une apparence. Elle s'assimilait davantage à une caricature, ou à un stéréotype : celui de la jeune femme exceptionnellement belle, mais dépourvue de toute forme d'intelligence, voire de réflexion.

Lisa, heureusement, ne connaissait qu'une personne au monde comme elle. Elle l'avait d'abord réellement appréciée, puis supportée. Enfin, depuis quelque temps, elle peinait à la tolérer. Elle la côtoyait depuis maintenant plus de dix ans, par pure obligation, car en étant très honnête avec elle-même, et même avec Simon quand cela devenait nécessaire, elle n'aurait jamais pu devenir amie avec ce genre de personne. Mais Amélia était la petite amie de Jean-Baptiste, et deviendrait bientôt sa femme. Ce qui confirmait que l'amour peut rendre aveugle, sourd, muet et même complètement idiot dans certains cas.

Le jeune garçon et son bourreau s'étaient rencontrés sur les bancs du collège, et ne s'étaient plus quittés, malgré les nombreuses tentatives de chacun de leurs amis pour les mener à la rupture, ou au moins à prendre des distances. Cela pouvait paraître cruel, mais il s'agissait en réalité de rendre service à Jean-Baptiste. Il était un étudiant brillant, qui avait obtenu un bac, puis un DUT et enfin une licence, le tout en quatre ans. C'était le temps qu'il avait fallu à Amélia pour rater à trois reprises son BEP. Elle était persuadée de devenir un jour assistante sociale, et prenait ses enseignants pour des incompétents lorsqu'ils lui expliquaient que cet objectif était compromis. Convaincue d'être persécutée par l'Éducation Nationale et par tout ce qui s'en approchait, elle avait décrété qu'arrêter son brillant cursus scolaire pour s'inscrire au Pôle emploi était la bonne solution. Mais ces fainéants pourtant grassement payés par l'État (du moins selon elle) ne lui proposaient que des postes de femme de ménage, alors qu'elle pouvait occuper une place de directrice… Elle en avait donc conclu que le système était mal fait, et avait tout simplement décidé de se consacrer à la télévision et aux séries B de l'après-midi. Il est vrai que l'émergence de la téléréalité lui donnait depuis quelques années une occupation à plein temps. Si on ajoutait à cela le boom de Facebook et Twitter, elle était presque débordée. Évidemment, ce temps intelligemment employé ne lui permettait pas de faire la cuisine (elle ne manquait pourtant aucune émission de « Top Chef ») ou de mettre la main aux travaux dans l'appartement que Jean-Baptiste venait de leur acheter. Poncer était trop fatigant, peindre trop minutieux et nettoyer trop ennuyeux. D'autant plus que risquer d'abîmer ses ongles était inenvisageable !

Au bout de trois ans de vie commune, elle avait exigé de voir se concrétiser le fruit de leur amour, et avait décrété que seul un enfant pouvait lui faire atteindre cet objectif. « Parce que je ne me vois pas vivre sans bébé, j'ai un destin de mère avant d'avoir un destin professionnel ! » avait-elle expliqué. Le souci est que certains détails lui avaient échappé, mais que ces mêmes détails lui donnaient encore plus de raisons de se plaindre. « Matthéo me réveille la nuit, je suis trop fatiguée… Jean-Baptiste pourrait tout de même se lever aussi ! On l'a fait à deux ! » Il est vrai qu'après neuf heures de travail, une heure et demie de route, elle exigeait juste qu'il fasse le repas, la vaisselle, le linge… Ah ! Ces hommes ! Il ne fallait vraiment pas trop leur en demander !

Lisa et Amélia n'avaient décidément rien en commun, excepté le lien d'amitié, et le passé, qui unissaient leurs deux maris.

Dîner chez Amélia revenait à prendre tout ce qu'on avait chez soi pour l'apporter chez eux. Ils ne se déplaçaient pas puisqu'ils avaient Matthéo. Eh oui, un enfant a aussi ses avantages ! Amélia n'avait pas le permis, elle ne pouvait donc pas faire les courses, et comme Jean-Baptiste avait le culot de consacrer ses week-ends aux travaux… Oublier les assiettes en carton imposait de manger à même le plat, qu'il fallait ensuite nettoyer.

— Je vais pas me coltiner la vaisselle de tout le monde ! Est-ce que moi, j'invite des potes ? se plaignait Amélia.

Encore eût-il fallu en avoir, des amis, pour les inviter. Et vu la manière dont elle recevait, elle ne les aurait pas gardés longtemps…

Simon et Lisa se disaient souvent qu'Amélia devait être exceptionnelle au lit pour que Jean-Baptiste lui soit autant asservi. Certes, sa beauté devait jouer : mince et élancée, elle était d'une blondeur rare. Ses immenses yeux verts lui donnaient un air singulier. Son physique, proche de la perfection, n'était cependant plus perçu de la même façon dès qu'elle ouvrait la bouche. Le fameux dicton « Sois belle et tais-toi ! » n'avait jamais mieux convenu à un être. La forme même de ses propos pouvait étonner, puisqu'elle violentait la langue française et cumulait les fautes de syntaxe, y compris à l'oral, ce qui avait le don de hérisser le poil de Lisa.

À partir du second verre, les garçons sortaient sur le balcon, « pour en griller une petite ». La plupart étaient non-fumeurs mais il suffisait d'avoir un accro pour que le mécanisme fonctionne. Des bribes de conversations arrivaient alors aux oreilles des filles : football (toujours en premier), puis boulot. Des énervements, des rires, un troisième verre, puis un quatrième. Le volume augmentait proportionnellement à la consommation d'alcool.

Au salon, il était question de shopping (un peu), de ragots (un peu plus) et, bien sûr, du sujet de prédilection : les enfants. Chacun y allait de son anecdote.

C'est à ce moment précis que Lisa regardait sa montre pour la première fois, afin de calculer approximativement le nombre d'heures qui la séparait du départ.

On peut se sentir parfois tellement seul, même entouré.

— C'est incroyable que Matthéo ne dorme pas encore ! À vingt-trois heures ! Et il ne chouine pas en plus ! On en oublierait sa présence !

Il faut dire que, dans ces moments, Gulli était d'une aide précieuse : des programmes non violents, non bruyants, mais totalement hypnotisants pour un enfant qui lutte contre le sommeil. Assurément, les directeurs de la chaîne étaient des parents. Occupés. Et aimant sortir.

— Bon, et vous, Lisa ? C'est pour quand ? Qu'est-ce que vous attendez ?

Lisa redoutait ce moment, tellement redondant. Toujours la même interpellation, soirée après soirée. À question habituelle, réponse habituelle. Elle la prononçait aussi automatiquement que machinalement.

— Non, pour l'instant, ce n'est pas…

— Votre priorité, on sait, enchaîna Amélia. Mais… 'fin, ce s'ra quand, vot'e priorité ? Vous êtes mariés depuis cinq ans, vous avez pas mal de ronds, et ça t'occuperait pendant que ton mec est parti au bout du monde…

Ben voyons…

C'était la remarque de trop. Pas le bon soir. Ou pas la bonne personne. En tout cas, il y avait un trop-plein, qui allait déborder, elle le sentait, cette fois.

— Mais enfin, Amélia… tu es donc vraiment aussi bête que tu en as l'air ? Tu me poses chaque mois la même question, et ton cerveau de dinde ne s'est jamais dit qu'il pouvait y avoir une vraie raison ? Genre une raison médicale ? Cela ne t'a jamais effleuré l'esprit ? Depuis combien d'années tes capacités de réflexion se sont-elles mises en pause ?

— Ben, euh…

Lisa se demanda si elle avait compris le sens de la question, et l'air ahuri de son interlocutrice lui fit pencher vers le non.

— Oui, euh… Fais-moi plaisir, la prochaine fois que tu voudras l'ouvrir, surtout pour dire ce genre de conneries, abstiens-toi, cela fera du bien à tout le monde !

La musique s'était arrêtée. Elle ne s'était même pas aperçue qu'elle s'était levée et qu'elle criait. Tous les regards étaient posés sur elle.

Elle prit son manteau et claqua la porte.

32

— Mais tu te rends compte ? Je t'ai entendue crier de dehors ! Qu'est-ce qui t'a pris ? Ça ne va pas ou quoi ?

Simon l'avait rejointe sur le parking. Ils étaient montés dans la voiture sans dire un mot. Après dix minutes, il fallait bien s'attendre à ce qu'il réagisse.

— Ce n'est pas de ma faute si les femmes de tes amis sont complètement connes.

— Déjà, ne fais pas de généralités. Amélia est un cas particulier. Et on n'a jamais rendu les gens plus intelligents en leur hurlant dessus.

— C'est sûr. Mais parfois ça fait du bien.

Le silence était retombé. Elle ne savait pas si Simon était en colère, ou s'il compatissait.

— Elle avait un peu bu, elle n'a peut-être pas réfléchi à ce qu'elle…

— Oh ! Arrête, s'il te plaît ! Elle ne réfléchit jamais ! C'est une fonctionnalité qui a raté son berceau ! Cette fille est bête comme ce n'est pas permis, et fainéante avec ça ! Et son mec qui se traîne à ses pieds ! C'est moi qui devrais m'interroger sur la bizarrerie de cette situation, et non elle sur la mienne ! Il faudra vraiment m'expliquer un jour ce que Jean-Baptiste lui trouve !

— Elle l'aime et il l'aime, cela leur suffit !

— Tu parles… On n'est pas chez Disney ! Nous aussi on s'aime, et on n'est pas devenus complètement cons pour autant !

— Cons, non… mais en colère.

Elle s'était tue. Était-ce vraiment à Amélia qu'elle en voulait ?

Il serait temps demain de s'interroger là-dessus. En attendant, cela faisait toujours du bien de se révolter. Même si c'était relatif. Et même si c'était voué à l'échec.

33

Le réveil ne devait pas sonner ce matin-là, mais Lisa avait les yeux ouverts alors que le soleil se levait à peine.

Elle réfléchissait à ce qui s'était passé la veille. L'accrochage avec Amélia aurait au moins un avantage : faire comprendre à leurs amis (du moins, à ceux de Simon) la vérité, et ses difficultés. Elle n'aurait plus à affronter leur fameux : « C'est pour quand ? », « Simon, tu n'as pas le mode d'emploi ? ». Surtout, elle n'aurait plus à mentir.

Elle revoyait les images de l'accident, et ses larmes se mirent à couler malgré elle. Cela faisait quatorze ans, presque jour pour jour. Son père qui avait trop consommé. Sa mère qui hurlait. Cette route, longue et droite. Puis le choc, suivi du silence. Les douleurs. Le réveil à l'hôpital, puis les mots du médecin, prononcés de façon très basse, à peine audible, devant ses parents tiraillés entre la culpabilité et le refus de la réalité. Cette réalité. « Nous avons dû retirer plusieurs organes à cause de l'hémorragie. Ses jours ne sont plus en danger. Mais elle ne pourra jamais avoir d'enfant. » Sur le moment, elle avait seulement retenu qu'elle allait vivre. Elle ignorait, à l'époque, que le plus dur était à venir.

Elle se blottit contre Simon.

Elle savait qu'elle serait maintenant confrontée à une autre forme de souffrance. Plus insidieuse. Plus silencieuse. Et sûrement plus douloureuse. À présent, les mots « enfant », « grossesse », « enceinte » seraient bannis des conversations en leur présence. À cela s'ajouteraient les regards de compassion, les mains sur l'épaule, les « ne t'inquiète pas, cela finira bien par s'arranger ». Il y aurait les messes basses, les cachotteries et beaucoup d'hypocrisie. Elle ne pourrait désormais plus poser son fardeau lors des soirées.

Elle se leva, avala un jus d'orange et enfila son short et ses baskets. Courir lui avait toujours permis de se vider la tête.

Sous les draps, Simon ronflait bruyamment.

Elle traversa la propriété, prit à gauche en sortant et se dirigea vers le parc à petites foulées, le son d'un vieil album de Metallica dans les oreilles.

Le parc n'était pas très fréquenté à cette heure-là : à peine quelques coureurs, sûrement venus se vider la tête comme elle. Les hordes de mamans en poussette et d'enfants énervés n'avaient pas encore envahi l'espace. Elle aimait cette quiétude du matin.

Elle s'arrêta pour vérifier sur son iPhone la distance parcourue : cinq kilomètres et demi. Elle réfléchissait à la route qu'elle emprunterait au retour quand elle entendit une voix derrière elle.

— Lisa ?

Elle se retourna. Ah, merde ! Il était bien le dernier sur qui elle voulait tomber.

34

— Tu vas bien ?

— Et toi ?

— Ça me fait plaisir de te voir.

— Ah bon ?

— Comment va Simon ?

— Pourquoi tu ne lui demandes pas ?

Sa dernière réponse avait été prononcée sur un ton plus agressif qu'elle ne l'aurait voulu.

Victor avait laissé un temps et avait souri.

— OK. À l'évidence, tu n'as toujours pas envie de me parler. Pas plus que de me voir.

Il lui tournait déjà le dos quand elle eut un remords.

— Attends, excuse-moi. J'étais ailleurs. C'est que je ne m'attendais pas à te voir ici. Ce n'est pas ton coin.

— Mais le parc est à tout le monde.

— Oui, bien sûr. Tu habites dans le secteur maintenant ?

— Pas exactement.

Il avait de nouveau tourné les talons.

— Attends, Victor. Tu as dix minutes ? On se prend un jus de fruit pressé ?

— Tu bois encore ce genre de trucs ?

— On ne change pas les vieilles habitudes.

Le café était à trois minutes. Ils marchèrent côte à côte, en silence. Pourquoi lui avait-elle proposé ce verre ? Si quelqu'un les voyait ? Si Adèle passait par là ? C'était trop tard. Elle s'était mise elle-même dans la panade.

Ils s'attablèrent en terrasse. Au grand soulagement de Lisa, c'est Victor qui rompit le trop long silence.

— Tu t'es mise à la course ?

— Ben oui. La trentaine nous pousse à nous bouger, au moins par acquit de conscience. Et toi ? Tu cours toujours ?

— Très peu en fait.

— Pourtant, tu m'as l'air parfaitement équipé. Gourde, podomètre…

— Les apparences sont trompeuses.

— À qui le dis-tu !

Première bourde. Elle s'attendait à les cumuler.

Nouveau silence gêné et interminable.

— Je…

— Tu ?

— Tu ?

— Je…

Ils s'étaient souri. Spontanément cette fois. Et sincèrement. Le serveur vint interrompre leur non-conversation.

Lisa se dit que le moment était venu de lever certains voiles.

— Tu lui as fait beaucoup de mal, Victor.

Il eut un sourire en coin.

— Je te rassure, moi, j'en suis sorti complètement indemne.

— Ce n'est pas ce que j'ai voulu dire, mais…

— Mais quoi, Lisa ? Quoi ? Dans l'affaire, j'ai perdu tout ce que j'avais : Adèle, mes filles, ma maison, et même une partie de ma virilité. C'est moi qui n'ai rien vu venir même si, visiblement, j'étais la cause de tous ses maux et que je la rendais malheureuse. J'ai sûrement merdé, mais je l'ai bien payé, et je le paye encore. Il ne faut pas être sorti de Saint-Cyr pour comprendre que je l'ai dégoûtée des hommes.

Lisa se laissa tomber sur le dossier de sa chaise. Zut ! Elle n'avait jamais perçu les choses de cette manière. Elle en avait tellement voulu à Victor, de façon d'ailleurs contiguë à la fréquence des plaintes d'Adèle, qu'elle avait fini par occulter toute son empathie. Elle qui avait suivi la relation de sa meilleure amie du début à la fin, d'un œil extérieur, sans jamais prendre parti. Du moins le pensait-elle.

C'est incroyable comme nous pouvons faire preuve de persévérance dans nos erreurs, parfois.

35

Lisa rentra chez elle à petites foulées. Elle s'étirait dans le jardin quand Simon sortit, une tasse de café à la main. Le jeune homme prenait un plaisir non dissimulé à observer sa femme en plein effort.

Ils partagèrent ensuite une douche (un de leurs rituels préférés), regardèrent toute la journée le temps passer puis décidèrent, en début de soirée, d'aller manger un morceau chez Ferino, en centre-ville. Cet espagnol servait les meilleurs tapas de la région, et ses tortillas étaient divines.

Luis les accueillit avec un grand sourire.

— Ah ! Lisa ! Simon (Il prononçait « Simone », ce qui avait toujours eu pour effet de les faire rire). *Cómo estáis ? Bien ?*

Ils s'attablèrent, toujours au même endroit. C'était comme si leur table les attendait, à chaque fois : la deuxième, entre la fenêtre et la plante que Luis revigorait chaque année à grands coups d'engrais.

— Alors ! Simone ! De retour ?

— Oui, mais pour pas longtemps… Tu nous mets comme d'habitude ?

— *Muy bien ! Muy bien ! Mini tapas y Sangria ! Después paella !* S'y parti !

Simon se retourna et s'étonna du regard de Lisa.

— Non ? Tu ne voulais pas comme d'habitude ?

— « Pas pour longtemps ? » C'est-à-dire ? Tu ne restes pas trois semaines ?

— Ça dépend de l'avancement du chantier à Hangzhou. Je devrais peut-être retourner au siège dans les jours qui viennent.

— Mais combien de temps ? Quand ?

— Oh ! Lisa ! Je ne sais pas ! Ne t'énerve pas, il n'y a rien de sûr !

— Alors pourquoi tu en parles ?

— Ma chérie, arrête ! Je n'en sais rien pour l'instant… Allez, profitons de la soirée.

— Elles sont si rares.

Le ton de Lisa avait été sec, désagréable.

C'est ce moment que choisit Luis pour débarquer avec leurs verres et une assiette de tapas.

— *Que aprovechéis !* Lé reste souit !

Ils commencèrent à grignoter en silence, ils trinquèrent, et se sourirent.

Le nuage venait de se dissiper.

Pour quelques heures.

Une fois à la maison, il débarqua dans la salle de bains alors qu'elle enfilait une légère nuisette. Elle ne la garda pas longtemps.

Elle adorait l'odeur de Simon quand ils faisaient l'amour. Sentir ses mains sur elle la mettait dans un état inexplicable. C'était comme si leurs corps aimantés se retrouvaient eux aussi, après quelques semaines d'absence. Visiblement, ils s'étaient beaucoup manqué.

Ils bouquinèrent ensuite dans le lit et s'endormirent dans les bras l'un de l'autre.

36

Le téléphone avait sonné à 8 h 22, les extirpant tous deux des bras de Morphée. C'est Simon qui avait été le plus réactif.

— Oui. Hum… hum… Oh, merde ! C'est grave ! Non ? Bon, OK, je prends le premier vol demain. Je serai là dans deux jours. En attendant, on arrête tout. Tu renvoies les hommes chez eux et plus personne n'intervient !

Il avait fulminé en raccrochant, puis s'était tourné vers Lisa.

— Ma chérie, je…

— C'est bon, j'ai compris.

— Cette fois, c'est grave. Il y a eu deux blessés sur le chantier, l'un est encore entre la vie et la mort. Il faut absolument que j'y aille.

— Il y a des priorités dans la vie.

Il l'avait prise dans ses bras.

— Mais enfin, tu sais que tu es ma priorité !

— Oui, oui, je vois.

— Lisa…

— C'est bon, laisse-moi. Fais ce que tu as à faire.

Elle était partagée entre la tristesse et la colère. Il allait de nouveau partir, sans savoir quand il reviendrait. Il allait de nouveau la laisser seule. Pendant des semaines, leur vie de couple ne tiendrait, de nouveau, qu'à un fil… de téléphone.

Pendant que Simon, assis devant l'ordinateur, râlait à cause du prix des billets d'avion, elle se leva et prépara un petit-déjeuner digne de ce nom. Autant profiter pleinement de cette journée, puisque c'était la dernière…

La résignation est parfois une bonne solution, puisque c'est souvent la seule.

37

La vie solitaire reprit rapidement son cours. Entre ses travaux de traductrice et la préparation de ses cours, Lisa restait enfermée des journées entières, sans aucun contact avec l'extérieur, si ce n'est quelques textos envoyés à Adèle. Sa maison était à la fois son refuge, et sa prison dorée.

Le coup de fil quotidien de Simon était le seul moment véritablement attendu de la journée. Elle voyait l'heure passer, commençait à s'y préparer, puis s'installait à proximité du téléphone, n'osant pas même aller aux toilettes, de peur de ne pas entendre la sonnerie salutaire.

— Ça va ?

— Et toi ?

— Quelles nouvelles ?

— Pas de nouvelles, et toi ?

— Non plus.

— Ah bon.

— Qu'as-tu fait aujourd'hui ?

— J'ai perdu mon temps et je me suis rapprochée de la mort.

— Comme tu es positive ! Mieux vaut perdre son temps que de le regarder passer !

Un silence. Ils n'avaient rien à se dire mais avaient besoin d'entendre leurs voix respectives.

— Au fait, tu as eu des nouvelles d'Amélia depuis mon départ ?

— Aujourd'hui, elle a pris une douche vers 10 heures puis elle a mangé des moules au roquefort au restaurant, avec des frites servies dans un petit cornet trop original. Mais les moules, c'est ennuyeux car ça salit les doigts. Hier, elle a mangé avec ses parents, ils ont regardé *Star Wars*. Et Mathéo a fait trois fois caca sur le pot aujourd'hui… Et la semaine prochaine, elle va…

— OK ! Je vois qu'elle ne t'a pas encore bloquée sur Facebook, c'est déjà bon signe ! Il faudra qu'on les invite pour clarifier la situation, on ne peut pas rester comme ça.

— Nous n'en avons pas plus l'obligation que l'envie. Alors pourquoi le faire ?

— Parce que je ne veux pas perdre Jean-Baptiste pour une prise de bec idiote entre nanas.

— S'il est vraiment ton pote, ça n'arrivera pas. En revanche, si t'es vraiment le sien, tu devrais peut-être lui parler du Q.I. d'huître de sa femme.

— Inutile de remuer le couteau dans la plaie, il a dû s'en apercevoir.

— Ce sont parfois les choses les plus évidentes que nous voyons le moins.

— Sûrement parce que nous ne voulons pas les voir.

La grisaille de cette fin novembre minait le temps autant que le cœur de la jeune femme. Pour ne pas se confiner dans l'absence (et s'y perdre), elle décida de partir quelques jours sur la côte. Elle ne passerait pas par chez ses parents (ajouter du dépit à la tristesse n'aurait fait qu'aggraver les choses !), elle prendrait une chambre dans un petit hôtel près de Berck, et elle écrirait. Tout, et sûrement n'importe quoi. Comme un exutoire, une façon de vidanger son esprit.

Elle rassembla rapidement quelques affaires, tapa un texto succinct à Adèle et fit une caresse à Snoups, lui demandant de bien garder la maison et de ne pas manger toutes ses croquettes le soir même.

Arrivée à destination, elle se rendit immédiatement dans cet hôtel bon marché au nom presque ironique, Le Beau Rivage. Elle déposa son sac et descendit pour se rendre d'un pas rapide avenue du Phare, qui était finalement le but non avoué de cette escapade impromptue. Elle s'arrêta devant le lycée Lavezzari.

Leur banc était toujours là, sur la gauche de cette cour carrée et austère, entourée de bâtiments à la peinture écaillée.

Chaque fois qu'elle passait devant, les souvenirs avaient tôt fait de remonter. Parfois, ils avaient le goût du chocolat chaud de son enfance. Mais parfois, c'était le brocoli-cabillaud que sa grand-mère la forçait à avaler quand elle passait des vacances chez elle. Le plus souvent, c'était le goût du premier baiser de Simon. Long et mouillé. Tellement, mais tellement espéré.

Tiens, ils avaient repeint le banc. C'est vrai qu'il était plein de taches.

Au bout d'une heure, transie de froid, elle regagna sa chambre d'hôtel avec un furieux besoin d'écrire, de prendre la plume et de la laisser vagabonder sur le papier. Comme pour garder une trace indélébile de ces merveilleux souvenirs, trop rares dans une vie, et encore plus dans la sienne. Peut-être que, cette fois-ci, elle aboutirait à quelque chose. Avoir une base est déjà un début.

Lisa avait toujours rêvé de devenir romancière. Pas écrivain, mais romancière. À défaut d'être une brillante universitaire, ce qui avait été aussi son rêve, mais cela lui avait semblé moins accessible. Le métier d'enseignant-chercheur n'était pourtant pas la meilleure des professions pour briller en soirée.

Un peu comme flic. Mais en moins pire quand même.

Elle aurait voulu être celle que l'on invite dans des colloques (et qui ne paye pas pour venir !), que l'on reçoit en grande pompe, mais qui ressort toujours le même discours, parce qu'elle sait gérer magistralement la situation… On lui aurait rappelé sans cesse qu'elle ne faisait que peu d'heures par semaine, qu'elle avait un nombre de vacances bien supérieur à la moyenne, que son salaire était démesuré au regard des efforts fournis, et qu'à ce titre, elle n'avait pas le droit de se plaindre

Mais à peine avait-elle publié un livre. Et encore ! Une réécriture de sa thèse, au sujet inintéressant pour 99 % de la population, et pour la plupart de son entourage. Celui-ci était fier, tout de même. Pour un livre que personne ne lirait.

— On te trouvera sur Amazon ?

— Euh… J'espère… Sinon sur un site spécialisé, je peux t'envoyer le lien.

— Ouais, si tu veux… En même temps, si je l'achète, c'est pour te faire plaisir. Tu penses bien que je ne vais pas le lire !

— Ah, ben non ! répondait-elle à tous avec un sourire.

Elle avait joué le jeu, et parvenait même à ressentir une légère fierté parfois.

Puis elle était retournée à la fac.

Elle en était revenue avec des sentiments partagés entre l'humilité et le rabaissement, ce qui entraînait souvent la déprime.

C'est ce soir-là, dans cette chambre d'hôtel minuscule, que lui apparut un semblant d'explications.

Comme ça. Comme une lampe laissée dans un coin, que l'on n'avait jamais remarquée et que l'on allume après des années.

Elle avait toujours été là, mais elle ne l'avait jamais vue.

Elle comprit qu'elle n'avait peut-être pas le niveau. Qu'elle s'était menti depuis le début. Qu'elle avait attribué les remarques assassines de son directeur à l'orgueil démesuré de celui-ci, mais qu'elles relevaient en fait d'une certaine objectivité.

Elle avait cru avoir un poste rapidement, pouvoir exercer son métier et sa passion, ne pas être totalement dénigrée par son institution. Le tout aurait été couronné par l'arrivée d'un enfant, et elle aurait pu afficher ce visage de la trentenaire épanouie, heureuse et enthousiaste pour tout. Celle qui nous énerve tellement elle nous renvoie son bonheur à la tête.

Lisa n'était jamais celle qui énerve, mais toujours celle qui était énervée… Celle qui réussissait, mais pas celle qui excellait.

Peut-être devait-elle reprendre des études ? Ou écrire un roman ?

La seconde proposition était matériellement plus simple, et financièrement plus accessible.

Cependant, depuis très longtemps, elle essayait. Elle y mettait de la bonne volonté. Vraiment. Mais n'y parvenait pas.

Certes, elle avait écrit quinze premiers chapitres. Et même deux derniers. Mais rien entre deux.

Elle se posait chaque soir, depuis des années, dans son lit, avec son ordinateur et sa volonté. Les idées fusaient, les mots beaucoup moins. Ils restaient bloqués. Elle ne savait pas si c'était au niveau de son cerveau ou de sa main. Quoi qu'il en soit, le travail n'avait jamais été prolifique. Pas même productif.

Les relectures, aussi ponctuelles que spontanées, avaient toujours donné lieu à une forme de désespoir : c'était inintéressant, en plus d'être inexploitable. Mais comment faisaient les autres ? Ceux qui avaient des prix, qui vendaient des centaines de milliers d'exemplaires ?

Ils devaient avoir un petit truc en plus. Un tout petit, mais qui faisait la différence…

Le talent.

Et ça changeait tout.

Et ça ne s'apprenait pas. Même en travaillant très dur.

Ce qui l'avait souvent rassurée, c'est qu'elle lisait parfois certains ouvrages qu'elle jugeait affligeants. Récemment, elle était tombée sur un livre tout à fait stupéfiant sur ce point. Exagérément médiatisé, l'écrit relatait l'expérience d'un jeune prof, au demeurant lui-même traumatisé par le système scolaire, qui s'offusquait de l'attitude de certains de ses collègues. Sujet qui, en soi, aurait pu en effet être porteur. C'était sans compter sur une écriture désastreuse et pathétique, avec un style qui aurait fait un succès dans la collection Harlequin. En prime, quelques fautes de grammaire. Prenez, c'est cadeau ! Et l'ouvrage avait pourtant été publié… alors que, elle, elle ne parvenait pas même à achever un manuscrit !

Cela signifiait sûrement que dans ce domaine aussi, elle devrait se contenter, au mieux, du médiocre. Elle serait universitaire, mais pas écrivain ; enseignante-chercheuse, mais pas maître de conférences, comme elle était marraine, mais pas maman.

Elle n'avait cependant pas compris que le médiocre pouvait être une situation confortable, en comparaison du cataclysme qui allait bientôt lui tomber dessus.

38

Elle regagna son chez-elle le lendemain, et tenta de s'abrutir dans son quotidien. Celui-ci trouva une petite échappatoire le samedi suivant, quand elle dut aller en plein après-midi dans le centre de Paris, sous prétexte de se rendre dans cette « incroyable boutique », avec « que des babioles originales, tu verras ! », ce qui, pourtant, ne l'enchantait guère. Elle avait du travail, autre chose à faire. Mieux, en tout cas, que de devoir acheter un cadeau de naissance pour la cousine de Simon, qu'elle avait vue trois fois dans sa vie. Elle ne connaissait même plus le prénom du bébé, et se souvenait seulement qu'il s'agissait d'un garçon. C'était déjà ça !

Après le train, une petite marche, avec Coldplay dans les oreilles, puis métro. Encore quatre stations.

Une petite rue à droite, tout près de Beaubourg. Comment Simon connaissait-il cette adresse d'ailleurs ? Il ne lui en avait jamais parlé avant ce matin.

Sûrement pour ne pas remuer le couteau dans une plaie déjà béante.

Elle erra dans cette boutique pendant plus d'une demi-heure. Ce n'était qu'objets travaillés et univers de princesse, pirates et petits bolides. Un endroit où le temps semblait suspendu, où la terre s'arrêtait de tourner un instant devant une chambre de poupée. La réalité n'était rappelée que par les « Oh ! Regarde ça ! » et les « C'est magnifique ! » des clientes extasiées qui, pour la plupart, affichaient un petit ventre bien rond.

Lisa passa d'un coup de l'exaspération à l'émerveillement, puis à la tristesse presque immédiatement. L'ombre revenait.

Elle s'arrêta finalement sur une boîte à souvenirs, l'emporta et sortit, presque soulagée.

Il y avait du monde dans la rue mais son regard fut immédiatement attiré par deux personnes qui discutaient à quelques mètres. Elle reconnut d'abord la voix. Tania !

Elle se dirigea vers elle mais eut un mouvement soudain de recul.

Elle n'en croyait pas ses yeux.

Voilà qui était d'un hasard tout à fait douteux.

39

— Tania ?

Elle l'interpella, sans pourtant la regarder. Ses yeux étaient déjà posés sur l'interlocuteur de Tania. Le visage de celui-ci s'éclaira d'un sourire. Un très beau sourire. Spontané et honnête. Comme lui seul savait les faire, elle s'en souvenait maintenant. Il s'avança pour un bonjour amical.

— Lisa, ça alors, je n'y crois pas ! Comment vas-tu ? Tu vis encore sur Paris ? Qu'est-ce que tu fais maintenant ?

— Oh là là ! Ça fait beaucoup de questions d'un coup !

Elle lui sourit, à son tour. Tania les observait, perplexe.

— Bon, je ne vais pas faire les présentations, on dirait que vous vous connaissez bien ! Bonjour quand même Lisa !

Lisa l'embrassa sur la joue en lui serrant le bras, comme à son habitude, puis se tourna vers Ibrahim.

— Comment vas-tu ?

— C'est moi qui ai posé la question en premier !

— Oui, mais moi je suis une fille !

— Oui, mais moi je suis arabe !

Ils éclatèrent de rire. Cette vanne, ils se l'étaient faite des centaines de fois durant leurs trois années de licence. Et ils venaient en un instant d'effacer dix ans de distance.

— On partait boire un café, tu nous accompagnes ?

Tania remua la tête.

— Euh, non merci, Ibrahim, finalement j'ai du travail. Nous nous voyons la semaine prochaine pour votre rendez-vous. En attendant, faites ce que je vous ai dit !

Elle ponctua cette parole d'un petit clin d'œil, puis, se tournant vers Lisa :

— Je suppose qu'on se voit ce week-end ?

— Simon rentre peut-être, donc j'appelle Adèle. J'essaierai de passer demain.

— OK ma belle ! Ibrahim, à bientôt !

Elle était déjà à quelques mètres et se mit à marcher tout en consultant son smartphone. Ibrahim et Lisa ne la regardaient déjà plus.

— Si tu as rendez-vous avec Tania, c'est que le fabuleux monde de l'ethnologie ne t'a pas ouvert les bras, comme ils nous le promettaient à la fac ?

— Pourquoi, ils les ont ouverts pour toi ?

— Oh, oui, pour mieux les refermer. Ce n'est pas vraiment la panacée à l'intérieur.

— Alors peut-être qu'il vaut mieux être dehors. Je suis heureux comme ça en tout cas. Et toi ?

— Si je suis heureuse ?

— Oui

— Je ne suis pas malheureuse.

Le serveur vint les interrompre.

— Un café.

— Deux.

— Allongé avec deux sucres.

— Pareil.

Le serveur les regarda et ponctua son départ d'un « très bien, c'est une affaire qui roule ».

Ils se sourirent.

Ibrahim et Lisa s'étaient rencontrés en première année, en même temps que Caro, Robert, Lucile et quelques autres. À eux tous, ils formaient une petite bande qui se retrouvait en cours, mangeait ensemble et s'échangeait les devoirs. Ils se donnaient ainsi une raison de fréquenter la fac. Si, en plus, ils pouvaient en sortir avec un diplôme, ce serait encore mieux, et leurs parents n'en seraient que plus heureux !

À cette époque, Lisa jonglait entre jobs étudiants et université. Pas le temps de faire des soirées ou d'aller s'amuser en semaine avec la petite troupe. Toujours une heure sup à faire ou un devoir à finir. Quand ce n'était pas les deux à la fois. Les écouter raconter leurs exploits, le lendemain, lui donnait souvent ses premiers fous rires de la journée. Elle ne regrettait pas ces heures manquées… Elle devait avancer, et chacun le comprenait.

Ibrahim et elle s'entendaient très bien, parce qu'ils étaient tous deux aussi sérieux en ce qui concernait les cours. Le moins d'absence possible, des notes organisées et lisibles, des recherches approfondies sur différents sujets. Ils donnaient l'impression d'être en compétition pour la place de major.

Lisa était déjà, ou plutôt toujours, très amoureuse de Simon. Remettre cela en cause ne lui traversait même pas l'esprit.

Ibrahim, lui, ne pensait pas aux filles, mais au diplôme qui rendrait si fiers ses parents. Le reste viendrait avec le temps.

Cette relation (tellement plus forte parce qu'asexuée par fondement) les avait rendus presque inséparables pendant trois ans. Puis Lisa avait continué, alors qu'Ibrahim avait été embauché dans un cabinet d'expertise. Ils avaient bien essayé de rester en contact, mais cela n'avait duré qu'un temps. Un jour, ils avaient arrêté de s'appeler, et s'étaient mutuellement relégués au rang des « bons souvenirs ».

Cet état de fait leur semblait incroyable, maintenant qu'ils étaient l'un en face de l'autre.

— En tout cas, c'est une drôle de coïncidence ! Comment connais-tu ma conseillère ?

— C'est la petite amie de ma meilleure amie.

— Ah ! Elle en est ! J'en étais sûr ! Je le sens direct, moi, ces trucs-là.

Lisa lui jeta un regard froid.

— Ah, pardon, c'est sorti tout seul. Je pourrais vite passer pour un mec imbuvable avec ce genre de réflexion. Bon, et toi ? Toujours avec le beau Simon ?

— Oui, toujours.

— Et toujours aussi amoureuse ?

— Toujours.

— Voilà qui fait plaisir. Je crois que tu as été la femme la plus amoureuse qu'il m'ait été donné de rencontrer, et savoir qu'au bout de tout ce temps, cela continue, ça fait chaud au cœur. Peut-être même que ça me donne espoir.

— Tu n'as pas rencontré Mme Ibrahim ?

— Pas encore, mais ça viendra. Et puis, je suis très exigeant. Je le peux, une perle comme moi… non ?

Il était ironique, mais recherchait peut-être quand même son assentiment.

— Tu as des enfants ?

— Non

— Tu n'en veux pas ?

— Je ne peux pas.

— Ah, bon. Ça nous fait un point commun de plus.

— Tu ne peux pas en avoir ?

— Non, je n'en veux pas. Mais le résultat est le même, non ?

Ils discutèrent longuement, puis la raison de Lisa lui rappela qu'elle avait une traduction à finir. Il était d'ailleurs incroyable qu'elle ait réussi à l'oublier plus de deux heures.

Elle lui sortit sa carte de visite estampillée du logo de l'université.

— Waouh ! La classe ! Voilà qui fait tout à fait pro !

Ils rirent. Encore. Une dernière fois.

— Appelle-moi, on se prendra un café !

— Compte sur moi ! Bon courage pour ta trado ! Tu me raconteras quels sont les trésors de la magnifique région de Haute-Carniole !

— Ne te moque pas… Mais, oui, promis, elle n'aura plus de secret pour toi !

Dans le métro du retour, elle pensa qu'il était vraiment agréable de revoir un vieil ami. Cela faisait partie des petits bonheurs, des petites chances que la vie nous offre.

Puis elle s'aperçut qu'elle avait oublié le cadeau de naissance en sortant du café.

40

Le téléphone sonna à 18 h 50, comme chaque jour. Lisa attendait sagement à côté depuis dix minutes.

— Alors vous avez réussi à hisser cette poutre ?

— Pff… Pas facile, surtout avec des bras cassés pareils, mais bon, on a réussi. On peut maintenant attaquer la phase suivante, et ça sera encore une autre paire de manches.

— Tu reviens toujours ?

— Oui, oui, ne t'inquiète pas. On ne commencera les travaux que le lundi suivant. Et toi, ta journée ?

— J'ai le cadeau pour le fils de ta cousine. T'avais raison, super cette boutique ! Un petit bijou ! Et en sortant, devine sur qui je suis tombée ? Ibrahim ! Tu sais, mon copain de fac ?

— Hum…

— Mais si, le brun, mon grand concurrent des amphis !

— Ah, oui ! Qu'est-ce qu'il devient ?

— Ben, il cherche du boulot. Il voudrait peut-être…

— Attends, ma chérie, j'ai un double appel…

Une minute plus tard.

— Ma chérie, je dois te laisser, un souci avec la poutre, je vais essayer de les guider par téléphone. Je te rappelle demain.

— Ah, OK.

— Je t'aime ma puce. Dans trois jours je suis là. À demain.

Le téléphone bipa presque immédiatement après qu'elle eut raccroché.

Ibrahim lui demandait si elle avait réussi à finir sa traduction.

41

Simon était rentré, comme prévu. On était à la mi-décembre, et cette période festive avait permis d'éviter le laborieux repas de retour chez Amélia. Elle avait appelé Simon : « Nous sommes tellement occupés ! Il faut penser à tout ! Ce n'est pas dans mes habitudes mais… on peut annuler ? Je suis trop fatiguée pour assumer un repas de plus. » Même un repas tout court, en fait… Bref, cela leur avait donné à rire pendant dix minutes.

Lisa adorait les vitrines de Noël, l'effusion, le froid qui s'engouffrait sous leurs habits pour leur donner une raison supplémentaire de les ôter rapidement et de s'ébattre, une fois rentrés. Elle retrouvait son Simon, son corps, sa chaleur.

Elle allait cependant être vite refroidie : le réveillon devait se dérouler chez Mme Lorthois.

Elle avait une surprise pour eux, avait-elle précisé.

Ils partirent le 24 au matin. Ils venaient de passer quinze jours ensemble. Seuls les quelques cours de Lisa étaient venus bousculer la quiétude, presque l'hébétude dans laquelle ils se confinaient depuis.

Elle n'avait pas eu de nouvelles d'Adèle depuis quatre jours, et d'Ibrahim depuis treize. Mais pourquoi en aurait-elle eu ?

Arrivés sur le perron de la magnifique demeure, prêts à frapper à la porte, ils se regardèrent comme pour prendre un dernier souffle. La porte s'ouvrit.

Jessica hurla en sautant dans les bras de son frère.

Pour une fois que Mme Lorthois faisait une « bonne » surprise !

Jessica embrassa Lisa, prit son frère par le bras et l'emmena dans la maison.

Le cadeau de Mme Lorthois pour son fils était onéreux. Un appareil photo énorme, avec zoom et stabilisateur, tellement gros qu'il en devient inutilisable tant on a la flemme de lire la notice.

Simon avait fait l'erreur de parler, quelques mois auparavant, du côté pratique d'un appareil photo numérique, compact et simple.

Simone n'avait retenu que la première partie de la phrase.

Puis, gentiment, elle s'approcha de Lisa :

— C'est un cadeau pour vous deux, bien sûr… (Ah bon ? Pourtant, il n'y avait que le prénom de Simon sur l'étiquette.) Mais je n'ai pu m'empêcher d'acheter un petit truc en plus pour ma seule belle-fille !

Une BD (au demeurant très bien faite !), *Comment perdre trois kilos avant l'été ?*

— C'est sur le ton humoristique, ça semble du coup peut-être plus simple, avait-elle ajouté le plus naturellement du monde.

Promis, l'an prochain, Lisa lui offrirait un bâton anticellulite, *Les relations sociales pour les nuls*, ou un abonnement à *Cuisine du terroir*.

Le repas se déroula agréablement. Jessica tentait, à travers ses mots et de façon maladroite, de relater sa vie à New York. Elle sortait beaucoup, avait quelques amis proches, elle était enthousiaste. Elle vivait pleinement de l'autre côté de l'océan.

Lisa alla se laver les mains et passa par le salon. Sur la table, les cadeaux réunis… Simon avait offert à sa mère un bon afin d'effectuer toutes sortes de soins dans un institut de beauté. Ils étaient allés le chercher ensemble la veille, elle en avait profité pour acheter elle aussi un bon pour Cloé, et l'avait laissé dans son sac, ne sachant pas à quelle occasion elle pourrait l'offrir à l'intéressée.

Les bons n'étaient pas nominatifs. L'un valait cent cinquante euros, l'autre vingt-cinq.

Elle les échangea, et retrouva le sourire.

Le lendemain donna place au repas de Noël chez les parents de Lisa. Ils devraient s'éclipser rapidement et rentrer le soir même sur Chantilly, ils étaient désolés mais ne devaient pas repartir trop tard, afin de repasser chez Simone prendre Nanette, pour qui seules quelques heures chez sa fille pouvaient déjà être appelées « supplice ». Dans ce cas, l'âge avancé de la vieille dame pouvait devenir un argument très utile, quoique totalement mensonger !

Noël était la seule fête officielle à laquelle toute la famille de Lisa se joignait. Lisa essayait toujours de se placer à côté de Simon (ne pas le lâcher !) et pas trop loin de son frère, qu'elle voyait peu. Le but était de s'éloigner de ses deux oncles qui, d'une année sur l'autre, répétaient constamment le même discours, la même rengaine, presque mot pour mot, à des intervalles différents mais souvent dans le même ordre :

— En prison ? Mais ils sont mieux que toi et moi ! Ils ont à manger, à boire et la télé ! Et même des salles de sport ! Alors ! Le tout sans travailler ! J'vais pas les plaindre, non plus !

— D't'façon, ils sont tous pourris, ces politiques ! Dans leur tour de verre, là, ils rigolent bien en te voyant trimer pour trois francs six sous, quand eux y touchent des millions. C'est une honte !

— Non, mais attends… Le mec, il est étranger, il arrive ici, il a les allocs, fait venir sa famille, CMU et assistance juridique, au cas où il fait des conneries… Et il impose ses lois ! Bobonne doit porter la burqa !

Si Lisa tentait de réagir, on lui rétorquait qu'elle était une de ces bobos gauchistes qui se concentraient davantage sur la nourriture bio que sur les vrais problèmes de société, qu'elle ne comprenait rien et que, preuve infaillible, elle était surdiplômée mais ne connaissait pas sa droite de sa gauche. Elle ne pouvait donc avoir aucun sens accru des réalités.

La pauvre était toujours étonnée de voir comment des gens, qui semblaient pourtant de bonne constitution, pouvaient avoir l'esprit étroit. Et un accent si marqué.

Elle aimait beaucoup le second, mais le premier était presque devenu un moyen de tester ses nerfs, chaque année, et de voir jusqu'où elle tiendrait. Elle savait que ces deux hommes n'avaient jamais été heureux de leur situation. Ils n'avaient rien fait pour la changer, mais avaient été incapables de s'en satisfaire. Si trois mots devaient les qualifier à l'aube de leurs soixante ans, cela serait râleur, pessimiste et frustré.

Tout ce qu'adorait Lisa.

Elle avait réussi à passer un petit temps avec Nanette, dans le salon, le matin même. Cela lui avait permis d'aborder la journée plus sereinement. Elles adoraient toutes les deux ces moments, elles arrivaient presque à croire que le calme s'installait durablement.

— Vois-tu, Lisa, ma fille fait partie de ces gens qui aiment surtout parler d'eux-mêmes. Sa journée est finie une fois qu'elle arrête de penser à elle. Ses enfants lui sont bien utiles : ils lui permettent de s'extasier sur sa propre création… ou image, comme tu préfères.

— Nanette, on fait des enfants parce qu'on a envie d'un être qui nous aime, et parce qu'on a envie d'aimer. Tout simplement.

— Pas toujours, ma puce. Peut-être qu'elle sent, au fond d'elle, qu'elle n'a pas été désirée, mais qu'elle était le fruit de l'amour. On ne voulait pas la voir, il ne faut pas s'étonner qu'elle ne fasse que se montrer maintenant. Simone n'est pas née garce. C'était une enfant adorable. Accidentelle, néanmoins adorable. Pas calme, mais gentille. Le genre de petit amour insupportable auquel on s'attache. Puis elle s'est mariée. Puis le temps a passé sur elle. Tu ne peux t'imaginer comme je l'ai aimée. Elle était mon petit miracle inattendu ! À chaque fois que je la vois, je suis déçue qu'elle soit devenue ainsi. Mais, enfin, je dois avoir, là-dedans, une part de responsabilité, avait-elle ajouté en soufflant.

42

Simon repartit peu de temps après le Nouvel An. Il devait passer au siège, à Poitiers, avant de s'envoler de nouveau vers l'Asie.

Entre son TGV et son vol, il avait réussi à prendre quelques heures dont Lisa et lui entendaient profiter pleinement.

Elle l'accompagna jusqu'à un hôtel, près de l'aéroport, et ils vécurent la scène comme s'il s'agissait d'heures volées, de moments suspendus.

L'avion de Simon décollait à 22 heures. Il ne fallait plus tarder : l'enregistrement commençait dans trente minutes. Ils prirent une dernière douche ensemble, s'enivrèrent l'un de l'autre, comme pour mieux survivre à l'absence.

Ils descendirent, lui avec une énorme valise, elle avec son petit sac.

Arrivés dans le hall de l'aéroport, ils sentirent une certaine agitation. Mais, à dire vrai, ne firent absolument pas attention aux autres, portés par l'idée qu'ils se quittaient bientôt. Le monde tournait autour d'eux, s'animait, se précipitait. Et eux auraient voulu que les minutes deviennent des heures.

Un dernier baiser, un dernier signe, et ils se tournèrent le dos. Lui s'engouffra en salle d'embarquement, elle regagna sa voiture.

Les larmes coulaient toutes seules. Au fond, elle détestait emmener Simon à l'aéroport. Les départs étaient encore plus durs. Elle préférait quand elle avait cours, et qu'il partait dans la journée. Elle pouvait l'embrasser, alors qu'il dormait encore, et elle filait prendre son bus. Comme si elle allait le retrouver le soir, à la maison, après sa journée de travail.

Elle n'alluma même pas la radio, et rentra chez elle en silence. Elle ne pouvait s'empêcher d'être triste.

Une fois la voiture garée, elle fit décongeler une pizza et s'apprêta à regarder un DVD. Elle alluma la télé. Son regard fut immédiatement happé par un bandeau rouge, en bas de l'écran.

On était le 7 janvier 2015, et *Charlie Hebdo* venait d'être tué.

43

Lisa alla se réfugier chez Adèle pour le week-end. Elle n'avait pas envie de parler, mais pas non plus envie d'être seule. La simple présence des filles, qui ne comprenaient pas exactement l'ampleur des événements, lui rappelait que la vie continuait, et que celle-ci gagnerait sûrement sur la barbarie. Il ne pouvait en être autrement. Et, de toute façon, on pouvait difficilement aller plus loin dans l'horreur. Bref, elle tenta de se rassurer comme elle le put, comme chacun tâcha de le faire ce week-end-là.

Elle ne cessa de penser au cours qu'elle devait donner le lundi après-midi suivant à Sainte Marie. Si les élèves revenaient sur les attentats, comment allait-elle réagir ? Parviendrait-elle à leur répondre, en ne se laissant pas emporter par ses émotions ? Et d'ailleurs, pourquoi ne devait-elle pas se laisser emporter ?

Parce qu'on la payait pour être enseignante, pas pour se montrer comme un individu à part entière. Elle avait une fonction, et devait la remplir, ni plus, ni moins. Avoir des sentiments, et qui plus est les montrer, n'était pas dans sa fiche de poste.

Elle crut voir son salut arriver le lundi midi, quand elle découvrit dans sa boîte e-mail une directive de la ministre de l'Éducation nationale. Elle saurait enfin quelle attitude adopter, quelle règle suivre !

La circulaire était assez étonnante de brièveté : « Nous comptons sur tout votre professionnalisme pour affronter au mieux ce moment difficile. »

C'est sûr, elle se sentit tout de suite plus avancée.

Sur le chemin, elle chercha encore une solution, ou au moins des mots à prononcer en cas de question. Mais elle n'en trouva pas. Ce qui s'était passé était indescriptible, indicible, à peine crédible d'ailleurs, tant cela semblait peu réel. Elle avait, comme beaucoup, espoir que ce n'était qu'un mauvais rêve, qu'elle allait se réveiller.

Cela faisait presque une semaine et, dans la rue, la stupeur et l'ahurissement avaient laissé place aux langues qui se déliaient, au dégoût, au dépit. D'aucuns disaient que c'était prévisible, que certaines communautés n'avaient pas leur place en France, que c'était le juste retour des choses puisque le pays s'était laissé envahir depuis des années.

Elle pensa que si cela continuait ainsi, ces abrutis auraient doublement atteint leur objectif.

Elle se souvint de la première fois où elle avait pris conscience des possibilités données à la cruauté humaine. C'était un mardi de septembre, en 2001. Elle était rentrée un peu plus tôt du lycée, le casque sur les oreilles et Simon dans la tête. La télé était allumée, comme toujours. Elle avait vu un avion plonger dans une tour et s'était dit que, décidément, les films sur M6 l'après-midi s'amélioraient, au moins sur les effets spéciaux ! Fini les séries B qui exposent des malheurs familiaux comme un adultère, un cancer ou la voisine qui est une tueuse insoupçonnée ! Maintenant, c'était images à l'américaine, avec un héros qui va sauver le monde (et qui se trouvait sûrement dans cette tour maintenant en feu). Elle avait augmenté le son, par curiosité, et avait reconnu la voix off du journaliste. Soit c'était réel, soit la production avait mis le paquet pour la réalisation cette fois !

Ce fut la première option.

Elle s'était assise. Ce n'était pas possible. Un mauvais rêve, une mauvaise blague.

Sa mère l'avait trouvée deux heures plus tard, assise à la même place, avec son blouson sur le dos et son cartable à ses pieds.

Elle repensait (et les médias l'y aidaient grandement) à cet après-midi, à ses parents plantés devant la télé à regarder, en boucle, les images atroces d'une barbarie programmée. Elle avait dix-sept ans à l'époque, le même âge que ses élèves, et elle était restée cloîtrée trois jours, tenaillée par un goût amer dans la bouche. Elle n'aurait jamais imaginé l'âme humaine capable d'un tel désastre. Elle croyait presque comprendre l'effroi des Russes qui, en 1945, avaient découvert la réalité des camps. L'échelle n'était pas la même mais le déclenchement était identique. La haine pouvait prendre différents visages, mais avait pour seul résultat la douleur.

Ce jour-là, elle avait eu l'impression que l'horreur avait atteint son paroxysme.

Elle se trompait lourdement.

La salle de classe A 33. La porte bleue, entrouverte. Elle prit une longue inspiration, et entra. Six élèves l'attendaient. Bon, c'était déjà mieux que la dernière fois. Comme à chaque séance, elle les salua, leur sourit et proposa de commencer.

Il s'agissait, pour chacun, de résumer et de commenter, comme souvent, le livre lu durant la semaine.

— Stanislas, tu veux bien commencer ?

— Euh… J'ai pas lu le livre que vous m'aviez donné.

Bon, ça commençait bien !

— C'était lequel ?

— Ah, ben, j'ai pas retenu le titre…

— Sors le livre de ton sac au moins…

— Ah, ben, je l'ai pas avec non plus. J'savais pas qu'il fallait l'ramener, moi ! Vous l'avez pas dit.

Elle avala sa salive. Rester calme et ne pas exploser. Se retenir d'insulter ce jeune garçon, somme toute innocent, et de se désespérer.

— OK. Bon. Julie peut-être ?

Julie était une valeur sûre. Une élève volontaire et courageuse. Celle qui se met toujours au premier rang, qui ne parle à personne car elle se fait traiter de fayote.

— J'ai lu *Le Rouge et le Noir* de Stendhal.

— En une semaine ?

— Oui, c'était tellement passionnant…

— Fayote !

— Amaury !

— Ben nan, mais…

— Tais-toi et laisse Julie parler !

— Ouais, ben n'empêche que c'est une fayote !

— Travailleuse et volontaire ! C'est très différent ! Et tellement plus agréable ! Vas-y, Julie !

Julie s'était recroquevillée sur sa chaise. Ces brimades, bien que quotidiennes, n'en étaient pas moins blessantes. Ce jour-là, pourtant, elle avait décidé de réagir. À sa manière. Elle prit son temps avant de recommencer.

— Non madame, je vais plutôt laisser la parole à Amaury, puisqu'il a envie de parler…

L'élève lança un regard assassin à la jeune fille qui lui souriait sans se démonter.

— Quelle salope…

— Amaury ! Tu veux que je te fasse sortir ?

— Non, mais c'est elle aussi…

C'en était trop. Elle n'était dans la salle que depuis dix minutes et elle était déjà à bout. Elle se leva.

— C'est bon, j'en ai assez ! Vous croyez que je suis là pour quoi ? Ou plutôt pour qui ? Je ne viens pas faire de la figuration ou enfiler des perles !

— Ben non, vous venez gagner du fric.

— Mais enfin, pensez-vous que ce soit la seule motivation ? Que je ne viens que pour ça ?

— Euh… Ouais, pour quoi, sinon ?

— À votre avis ? Pour vous faire avancer ! Pour transmettre ! Pour exercer mon métier !

— Ouais, c'est ça…

Elle s'arrêta, bouche bée. Écœurée. Elle ne pouvait pas quitter la salle… parce qu'ils auraient gagné. Et par conscience professionnelle. Et aussi parce qu'elle avait besoin de payer la facture d'eau.

— Bon, Téa, à toi. Qu'est-ce que tu avais comme livre ?

— *En attendant Godot.*

— Ah, bien ! Vas-y !

— Ben j'ai rien compris. Mais alors rien. Juste que c'est deux mecs *chelous* qui attendent j'sais pas quoi. Et peut-être qu'eux-mêmes ne savent pas quoi ! Et ils disent n'importe quoi. En plus, c'est la pièce la plus célèbre du gars qui l'a écrite ! Il devait être sacrément allumé celui-là ! Ou il devait avoir de bons potes dans les maisons d'édition de l'époque.

À l'évidence, le cours allait être très long, mais pas pour les raisons qu'elle redoutait une heure auparavant.

44

Lisa rentra ce soir-là avec l'impression d'être totalement rincée. Elle n'arrivait plus à organiser ses idées. Elle n'était d'ailleurs pas sûre d'en avoir encore.

Elle fit une caresse à Snoups, alluma la télévision, non pas guidée par une envie mais par un geste machinal, presque un automatisme. Elle l'éteignit aussitôt, mais eut le temps de revoir ces images qui tournaient en boucle depuis quelques jours.

Sur le petit tableau de la cuisine, il avait écrit, avant de partir, « Je t'aime. À très vite » et avait signé.

Elle prit le téléphone pour l'appeler. Il devait être sur le chantier à cette heure-ci. Elle avait besoin de l'entendre, de lui dire qu'elle l'aimait. Elle espérait même obtenir une réponse similaire.

Elle entendit les cinq sonneries, puis fut transférée sur le répondeur.

Elle ne laissa pas de message.

Elle s'affala sur le canapé, ferma les yeux, les rouvrit aussitôt.

Elle reprit son portable et envoya un message à Ibrahim.

Il répondit moins d'une minute après.

45

Ils s'étaient donné rendez-vous deux jours après Chez Gustave. C'était un des cafés près de la fac de Nanterre, un endroit dans lequel ils avaient passé beaucoup de temps à travailler, rire et refaire le monde. Parfois à deux, parfois avec les autres. Se replonger ainsi dans le passé ne pouvait que leur faire vivre un bon moment, et leur permettre de se tenir pendant quelques heures hors du temps. Lisa en avait besoin.

Elle arriva avec quelques minutes d'avance. Elle était sortie de la station de RER, avait longé l'avenue de la République. Elle se réjouissait de voir Ibrahim, sans trop connaître d'ailleurs les raisons de cette excitation qui la faisait marcher d'un pas aussi décidé.

Elle contourna la rue, Chez Gustave était maintenant dans son angle de vue. Plus elle avançait, plus elle prenait peur de ce qu'elle distinguait. Elle s'arrêta net.

À l'intérieur, Ibrahim était attablé à droite (« comme d'habitude » pensa-t-elle, même si une habitude qui ne s'est pas répétée depuis des années n'est peut-être plus une habitude). Il n'était pas seul.

En face de lui, une forme coiffée d'une burqa bleu clair. La conversation semblait calme. Ibrahim parlait, la forme semblait acquiescer. Progressivement, Lisa vit le visage de son ami changer, ses traits se durcir, son sourire s'effacer. Il essaya de prendre la main gantée de son interlocutrice, tentative rapidement avortée par un geste de retrait relativement brusque. La forme se leva, prit son sac, dit un dernier mot à Ibrahim et sortit.

C'est précisément ce moment que Lisa choisit pour entrer dans le café : elle la croisa dans l'embrasure de la porte, et eut juste le temps de voir des yeux rouges, emplis de larmes.

Lisa s'avança vers Ibrahim, qui ne la vit pas : le jeune homme avait la tête dans les mains, et était secoué par de légers soubresauts.

— Ibra ?

— Ah, Lisa…

— Qu'est-ce qui ne va pas ?

— Rien, rien, t'inquiète… Je passe aux toilettes, je reviens. Tu peux me commander un autre café ?

Il se leva et se dirigea vers le fond de l'établissement. Il ne lui avait pas même fait la bise.

Lisa s'assit. Elle n'arrivait pas à analyser ce qu'elle venait de voir. Ibrahim lui avait dit qu'il était célibataire, alors qui était cette femme ? Et pourquoi ces larmes ?

Ibrahim revint cinq minutes plus tard, affichant un sourire des plus éclatants.

— Ça va mieux ?

— Oui, ne t'inquiète pas.

Il lui lança un regard presque implorant, qui l'empêcha de poser toute question.

— Tu as déjà commandé ? Parce que, finalement, je me prendrais bien un petit vin blanc. Tu connais mon côté français…

— OK, je te suis.

— Alors, tes cours ?

— Intéressant. Enfin, non, pas tant que ça, dit-elle après un temps de réflexion.

Elle ne voulait pas laisser le silence s'installer : elle embraya donc sur le récit de ses enseignements, sur les difficultés qu'elle rencontrait, sur ce qu'elle appelait « le désastre de sa carrière professionnelle ».

— Mais enfin, si tu arrives à en intéresser un, c'est que tu as déjà gagné !

— Mouais… J'ai déjà eu des remarques très désobligeantes, tu sais, de celles qui te font tout remettre en cause…

— C'est vrai ? Raconte…

— Tu es sûr ? Cela risque d'être long…

— On a le temps, non ?
— Oui, personne ne m'attend…

Deux heures et demie s'étaient écoulées sans qu'aucun des deux ne regarde sa montre. Ils avaient ri, discuté, critiqué. Comme avant. Puis ils s'étaient levés et avaient fait quelques pas pour arriver au métro.

— Merci, Lisa.
— Pourquoi ? Je n'ai rien fait…
— Si. Plus que tu ne le crois.
Il avait baissé les yeux, puis l'avait serrée dans ses bras comme s'il la quittait pour toujours. Elle avait été très surprise par ce geste tellement inhabituel (et encore plus de la part d'Ibrahim, qui ne laissait jamais rien transparaître !), mais elle s'était laissée faire. Cette étreinte amicale valait tous les mots du monde.
— Je suis heureux d'avoir retrouvé une amie comme toi. J'avais oublié comme tu pouvais prendre de la place. Tu es une personne extraordinaire, ne laisse jamais personne t'en faire douter.
Mince ! Qu'est-ce qui se passait ? C'était quoi ces paroles mièvres dans la bouche d'Ibrahim ? Avait-il tant changé en quelques années ? Pire, serait-il devenu sentimental ?
Il fallait qu'elle parte. Vite. Très vite.
Elle lui avait souri, et avait descendu les marches de la bouche de métro.

Ne pas se retourner. Surtout, ne pas se retourner.

Trop tard.

Il lui souriait.

Un petit geste de la main, RER, gare du Nord, le train. Enfin, le portail de la maison.

46

Son ordinateur sur les genoux, elle gardait le nez en l'air.

Quelque chose avait changé. Elle ne savait pas quoi, mais quelque chose avait changé. En elle. Elle ne parvenait pas à fixer ses pensées, ni même à les organiser. Elle s'aperçut qu'elle souriait. Bêtement, certes, mais elle souriait.

Un bip. Un texto.

Tu es bien rentrée ?

Elle aurait dû répondre, spontanément, rapidement : « oui, merci », mais elle réfléchissait. Sûrement trop. Elle tapa trois textos, recommença quatre fois. Le message était innocent, celui qu'elle renverrait devait l'être aussi.

Oui, et toi ? Ça m'a fait
plaisir de te voir et de disc…

Elle avait effacé la dernière phrase, et pressait la touche « envoyer » quand la sonnerie du téléphone fixe retentit.

— Ma chérie ? Tout va bien ? Tu devais m'appeler !

Mince ! Simon ! Comment avait-elle pu oublier ?

— Oui, ça va. Je suis rentrée il n'y a pas longtemps, et je voulais encore finir un truc avant de t'appeler, excuse-moi.

— Un truc qui dure deux heures ?

— J'étais concentrée, je n'ai pas vu le temps passer. Ça va, toi ?

— Oui, nickel. La journée a été bonne, les mecs ont été plutôt efficaces. J'ai mangé avec Subing ce midi, il te passe un grand bonjour.

Subing était un entrepreneur asiatique qui avait logé chez eux durant trois jours en septembre dernier. Lisa l'avait trouvé drôle avec ses pantalons trop courts, son accent, et sa façon de hocher la tête quand elle s'adressait à lui.

— Ah ? Tu l'embrasseras de ma part. Comment va-t-il ?

— Très bien. Sa femme attend le deuxième pour mai. Attends, j'ai un double appel…

Quelques secondes en suspens, puis :

— Je te laisse, il y a un souci de calculs sur un des bâtiments. Je te rappelle demain.

— OK, à…

Elle n'avait pas eu le temps de finir, il avait déjà raccroché.

Elle s'était rassise sur le canapé, avait soupiré, puis avait repris son portable.

Un texto l'attendait.

47

Depuis leur divorce, Victor n'avait eu que de très rares contacts avec Adèle, et toujours au sujet des filles.

Il était reparti vivre chez ses parents. En aucun cas par souci financier, mais par peur de la solitude. Il avait dû essuyer les « je m'en doutais, ce n'était pas une fille pour toi » de sa mère, et supporter les « on ne peut pas être l'homme que d'une seule femme » de son père. Cela dura quelques mois, puis les remarques désobligeantes s'estompèrent. Il reprit rapidement ses habitudes dans cette maison qui l'avait vu grandir, entouré de ces deux êtres aussi aimants qu'étouffants. Il ne sortait que pour courir ou pour travailler.

Un an, puis deux, puis plusieurs passèrent. Sa vie était devenue automatique. Il essayait de penser le moins possible. Quand on lui demandait si ça allait, il répondait un « oui » machinal et peu convaincant. Il ne réfléchissait plus au sens réel des questions qu'on lui posait.

Certaines nuits, il cherchait encore Adèle à ses côtés. Ses mains tâtonnaient, mais ne trouvaient que du vide. Dans le silence assourdissant de sa chambre, il pleurait parfois. D'autres fois, il se connectait à PornoTube, et se soulageait.

Il avait pris la mesure de ce qu'il avait perdu. À force de vouloir le beurre et l'argent du beurre, il avait même laissé s'échapper la fermière.

Adèle, elle, se levait tous les matins avec le sourire. Le bonheur peut parfois tenir à pas grand-chose : un petit-déjeuner sur la terrasse, un soir languissant sur le canapé, ou un bain ponctué d'odeurs de fraises. Quatre ans qu'elle était dans cette maison, et elle avait l'impression d'être arrivée hier. Les lieux l'avaient adoptée, comme Tania avait adopté ses filles. Elle ne parvenait pas à se souvenir réellement de sa vie d'avant, et comprenait encore moins comment elle avait pu s'y complaire autant d'années. Ce qu'elle avait pensé être des concessions avait en fait été des sacrifices. Et ce que les autres appelaient sécurité était une forme de léthargie. Elle en arrivait à se demander s'il était possible qu'elle n'ait jamais été elle-même pendant toute cette période.

Elle était rentrée chez Ugi en tant que secrétaire de direction, mais était rapidement devenue le bras droit de sa supérieure, avant de prendre sa place quand cette dernière était partie à la retraite. Elle observait le chemin parcouru avec une certaine fierté. Professionnellement comme personnellement, elle était stable, et s'apercevait que c'était peut-être la plus grande différence entre elle et les gens qui l'entouraient et qui, sûrement, la critiquaient. Surtout, elle avait à ses côtés Cloé et Emma, qui avaient accepté la situation comme si elle relevait de la normalité.

Sortir chaque jour de la maison, se sentir obligée de se maquiller et de se coiffer, car elle croiserait sûrement une multitude de personnes, enfin, se concentrer sur autre chose que sur les bobos d'Emma : c'était sans aucun doute ces actions-là qui avaient été les plus salvatrices. Rentrer chaque soir et retrouver un être aimé et aimant est ce qui l'avait fait passer d'une monotonie étouffante à une stabilité réconfortante.

Elle prenait son travail très à cœur, mais n'oubliait jamais que l'essentiel se trouvait en dehors de l'entreprise. Une fois assise à son bureau, chaque matin, elle n'avait plus cependant qu'un objectif : apporter sa pierre à l'édifice et faire avancer les tuyaux Ugi.

Elle était ainsi passée de maîtresse de maison réservée et malléable à une professionnelle décisionnaire et accomplie. Et femme libre. Surtout, femme libre. D'une liberté qui n'impliquait pas d'annihiler ses responsabilités, mais de respirer quand il le fallait. Et de prendre ses décisions, elle-même et pour elle-même. Elle était devenue une femme heureuse, et amoureuse.

Elle réalisait la chance qui était la sienne lorsqu'elle voyait graviter autour d'elle ses amies trentenaires, ou en passe de l'être, qui avaient été déçues, trahies, trompées… Bref, malmenées par l'amour. Célibataires, jolies et (parfois) vulnérables, elles avaient perdu au contact des hommes et au fil des conquêtes le peu de confiance dont elles avaient été dotées initialement. Peu à peu, mois après mois, chacune d'entre elles voyait le compte à rebours de son horloge biologique se déclencher. Sans enfant, elles avaient pourtant des considérations très strictes sur l'éducation, sur la façon de procéder avec les chères têtes blondes, et ne se privaient pas de les partager : « Laisse-la pleurer, c'est un caprice », « Il faut qu'elle mange seule ! Et proprement ! Tu te rends compte ? Elle en met partout ! », « Comment ça elle a encore des petits accidents la nuit ? À son âge ? Mais tu crois que c'est normal ? Sans compter qu'elle parle encore en chewing-gum… », « Quoi ! Elle a dessiné par terre ? Elle fouille dans les tiroirs ? Mais tu lui as dit qu'elle n'avait pas le droit ? »

Ah ben, non, justement, elle n'y avait jamais pensé…

Elle aussi avait eu des principes. Maintenant, elle avait des enfants.

Cette horloge biologique devenait chez les amies d'Adèle une obsession. C'était d'ailleurs leur sujet de conversation préféré, et la principale raison pour laquelle Adèle ne s'y retrouvait plus. Il fallait avant toute chose tomber sur le géniteur qui, avec un peu de chance, accepterait aussi d'être le papa et, encore mieux, d'assumer sa progéniture. Ce n'était pas chose facile. Du moins, plus compliquée que cela ne pouvait paraître au premier abord. Pour optimiser leurs chances, elles sortaient, buvaient, multipliaient les rencontres. Elles racontaient qu'elles avaient des journées intellectuellement pauvres, mais des nuits sexuellement très riches (ainsi, ce n'est pas à la tête qu'elles avaient mal). Mais au mieux ramenaient-elles un bellâtre d'un soir, ou de quelques semaines. Et le bellâtre finissait toujours par ne plus revenir, parce que pas prêt, parce que pas envie, parce que pas d'horloge biologique pour lui. Encore un avantage spécifique aux hommes… comme si Dieu les leur avait tous donnés. En même temps, il fallait bien compenser la lâcheté. Ou alors, Dieu était un homme…

Heureusement Lisa était là : elle était différente et elle était son amie.

Elle voulut l'appeler pour l'inviter à déjeuner. Cela faisait tellement longtemps ! Mais le téléphone sonna longtemps, sans réponse. Comme si Lisa était ailleurs.

48

Lisa avait eu le réflexe d'aller consulter Facebook. Même en cherchant bien, elle n'avait eu que quelques indices mais rien de très probant. Une photo de plage, un groupe qu'il aimait… Son compte devait être bien paramétré. Ou inactif.

Cela s'était glissé, insidieusement. En l'espace de quelques jours, peut-être quelques semaines. Elle se doutait bien qu'elle était sur une pente dangereuse, qu'elle devait absolument arrêter avant que ne s'immisce le doute. En elle comme en lui. Au demeurant, leurs textos étaient innocents, presque anodins. Jamais un propos déplacé, ou un sous-entendu qui aurait pu laisser croire que…

Ces messages avaient pour seul but de garder un contact, de cultiver un semblant d'absence de solitude.

Souvent, le matin, elle se réveillait tôt pour aller courir. Le fait qu'elle ouvrît les yeux deux heures avant que ne retentisse la sonnerie du réveil contribuait beaucoup à cet élan de courage. Elle espérait qu'au fur et à mesure des kilomètres parcourus, sa tête se viderait. Son cœur aussi. Mais après dix kilomètres, elle se sentait toujours aussi perdue, tiraillée entre un sentiment étrange, doux et agréable, et une forme de culpabilité naissante.

Elle s'était surprise à attendre le message chaque matin. À jouer, presque, en ne lui en envoyant pas : « Aujourd'hui, c'est lui qui doit commencer ! Puisque c'était moi hier », se disait-elle. Elle décryptait chaque mot, espérant au fond d'elle qu'il ferait un pas supplémentaire, qu'il se dévoilerait un peu.

Elle avait commencé par instaurer une forme de surveillance régulière de son mobile. Elle en était maintenant à faire des mises à jour toutes les dix minutes, au cas où son smartphone refuserait de lui transmettre un message.

Son message.

Elle avait du mal à se concentrer sur quelque chose. Elle sautait sur le petit appareil magique dès qu'il bipait. En toute situation. Parfois c'était la parfumerie qui l'informait des moins 25 % exceptionnels (comme tous les mois !). Mais parfois c'était lui. Elle cherchait toujours à renvoyer un message qui l'obligerait à répondre, juste pour réentendre le bip. Revivre ce court instant où elle attendait de lire ses mots, où un sourire éclairait son visage.

De nouveau un bip…

Le jeu commençait. Et Ibrahim semblait être joueur.

Au fil de la journée, les bips s'accéléraient. Et les sourires aussi.

Soudain un appel. Un vrai. Serait-ce… ?

Simon. Elle rappellerait plus tard.

Pour l'instant, il fallait trouver une réponse claire mais suggestive, qui permettrait à la danse des bips de reprendre. Ne pas franchir un seuil, tout en ne fermant pas la porte.

Cette gymnastique intellectuelle l'amusait, autant qu'elle l'épuisait.

Lisa avait pourtant toujours détesté les portables. Elle trouvait que c'était un outil à contre-emploi qui tuait la communication plutôt que de la favoriser. Elle s'étonnait de voir les couples, au restaurant, ne plus se parler, ne plus avoir les yeux dans les yeux mais les yeux rivés sur l'écran, comme si les messages des autres étaient plus importants que ceux de leur interlocuteur. Elle se demandait souvent s'ils ne s'envoyaient pas des textos l'un à l'autre plutôt que de se parler.

Un bip, et on perdait l'attention de son assistance. Tout le monde coupait court à la conversation et se demandait de qui cela venait.

Elle le subissait chaque jour en cours, et à la maison, quand Simon était là.

Elle se souvenait de son premier portable, énorme, sans housse, et qui servait juste à téléphoner. Pas de textos, pas de photos, pas de Facebook. Personne pour te crier, dans la soirée : « Allez, selfie ! » afin d'afficher le tout sur les réseaux, et montrer à la terre entière que l'on passe une soirée extraordinaire… alors que c'est juste une soirée normale. Pire, une soirée où l'on s'ennuie.

Elle reconnaissait l'aspect pratique de la chose, mais n'en comprenait pas son utilisation accrue.

Elle ne se doutait pas encore qu'elle-même devenait accro. Totalement. Le plus grave était que ce qui la rendait dépendante n'était pas Ibrahim en soi, mais ses textos. Cette façon de prendre soin d'elle, cette poésie, ce dévoilement exponentiel.

C'était comme si, tout à coup, elle avait eu un « truc » en plus dans cette vie. Quelque chose qui lui rappelait que la folie pouvait exister. Même dans une moindre mesure. Et que de petits papillons pouvaient encore voleter dans son ventre.

Elle ne voyait plus le portable de la même façon. Et peut-être même que sa vision du monde avait changé.

Derrière son écran, elle devenait quelqu'un. Et même mieux ! Une princesse, une déesse !

Surtout, une décisionnaire : en un mot, elle pouvait tout avoir… ou tout perdre.

En bonne jeune trentenaire, elle imaginait l'époque où ce petit appareil n'avait pas encore envahi le quotidien. La peur de se fixer un rendez-vous, et de ne pas voir l'autre arriver, sans pouvoir le contacter. Et sans que cela ne paraisse anormal. L'idée de s'envoyer des lettres, écrites à la main, sans que le destinataire ne puisse les lire instantanément… Ce moment où l'on avait l'enveloppe entre les mains, et où l'on dépliait la feuille en découvrant les mots griffonnés sur le papier, à l'encre bleue ou noire. Toutes les fois où l'on relisait cette lettre.

La seule personne avec qui elle avait pu s'adonner à cette pratique était Nanette.

49

Cela avait commencé à la mort de Pierre-Yves.

Elle avait envoyé une lettre à Nanette le jour même, alors qu'elle la voyait le lendemain. Nanette lui avait renvoyé deux feuillets, dans lesquels elle s'exprimait ouvertement. Pourtant, Lisa ne l'avait vue que pleurer pendant ces derniers jours. Elle n'avait pas dit un mot, avait gardé le silence, avait à peine répondu aux questions quand on lui en posait.

Mais elle avait parlé… dans les lettres.

Cette correspondance, qui les soulageait toutes deux, continuait depuis plusieurs années. Avec des missives parfois plus espacées, parfois plus proches. Au gré des humeurs et du vent.

Lisa savait des choses que même Simon ignorait.

Des états d'âme comme des faits.

50

Simon rentrait enfin dans deux jours. Elle ne l'avait pas vu depuis presque un mois. Elle se languissait de revoir son visage, de toucher ses mains, de lui parler avec les yeux. Elle se disait que les moments passés avec lui permettraient de se recentrer sur l'essentiel. Ibrahim sortirait de ses pensées pour laisser Simon reprendre la place qui lui revenait, et qu'il avait toujours occupée.

Ce retour ne lui avait jamais paru aussi nécessaire.

Il arriva à 18 heures. Elle ouvrit la porte et lui sourit. Ils ne dirent pas un mot. Il l'embrassa longuement, passa sa main sur ses hanches, puis l'effeuilla progressivement, la retourna et la pénétra contre le mur du couloir, ayant à peine pris le temps de fermer la porte. Leurs premiers mots échangés furent des râles de plaisir. C'était fort, fougueux, presque violent. Le tout ne dura pas plus de dix minutes.

Ils purent, ensuite, se retrouver et discuter, attablés dans le salon devant l'apéritif qu'elle avait préparé en l'attendant.

Simon était là pour plusieurs jours. Elle devait partir le lendemain pour un colloque au Mans, et ils avaient convenu qu'ils iraient ensemble, profitant de l'occasion pour savourer la présence de l'un et l'autre entre deux conférences.

Lisa était, comme toujours, anxieuse au sujet de sa communication : elle avait l'impression que ses propos manquaient de teneur scientifique, de références, voire d'intelligence. Être sûr de soi ne devait être réservé qu'aux plus grands. Ou aux plus narcissiques. Elle ne faisait partie d'aucune de ces catégories.

D'autant que la présence de Simon ne lui faciliterait pas la chose : elle devrait briller deux fois plus que d'habitude, pour ne pas se décrédibiliser aux yeux de l'homme qu'elle aimait. Elle passa une nuit mauvaise et courte, et ils prirent la route à 6 heures.

Le colloque fut aussi intéressant pour elle que laborieux pour lui. Il ne saisissait pas la moitié des références, et les termes techniques lui échappaient. Le thème, en lui-même, lui était d'ailleurs hermétique. Il avait cru pouvoir le comprendre en écoutant les autres, mais cela n'avait fait que renforcer son incompréhension. Sa seule satisfaction fut d'observer sa femme discuter, et s'apercevoir qu'elle était singulière parmi ce petit monde. Belle, souriante et agréable, elle dénotait au milieu des quinze mines vieillissantes et rabougries qui remplissaient la salle retirée qu'on leur avait réservée. Elle parvenait à dissimuler son stress, et semblait évoluer dans ce monde comme un poisson dans l'eau. Sa prestation fut encensée, ses capacités de communication soulignées. Il aurait décidément tout donné pour cette femme, mais, tout de même, sans jamais se sacrifier.

Enfin, 18 heures sonnèrent, en même temps que la libération de Simon. Il accueillit cette nouvelle non sans un certain soulagement.

Ils décidèrent de repasser à l'hôtel se rafraîchir, avant de sortir manger et de découvrir un peu la ville. Lisa ne cessait de commenter les prestations de chacun des intervenants, et de faire émerger tout haut de nouveaux sujets de réflexion. Mais entendre parler toute la journée de l'ethnométhodologie des pratiques autour des changements de monnaie en était trop pour Simon. Il tenta de le dire gentiment à sa femme, une fois arrivés dans la chambre, tout en agrémentant son discours de caresses plus ou moins intéressées.

— Mais enfin, Lisa, combien de personnes s'intéressent vraiment et réellement à ce sujet ?

— Mais au moins toutes celles qui étaient là ! répondit-elle sans trop savoir s'il fallait prendre cette remarque au sérieux ou sur le ton de la boutade.

— Seulement toutes celles qui étaient là, tu veux dire ! Et encore, dans ce genre de colloques, les gens viennent surtout et essentiellement pour s'écouter parler ! Une fois leur tour passé, pouf ! Ils pensent à autre chose, et font semblant de prendre des notes tout en étoffant leur prochaine intervention dans un colloque plus prestigieux… peut-être même international ! Ce qui constitue une grande aubaine, puisqu'en plus de briller devant encore plus de gens, ils peuvent faire un peu de tourisme ! Non, vraiment, ma chérie, tu ne m'y reprendras plus ! Ou alors dans une autre vie !

— Peut-être que dans une autre vie, tu seras un peu plus ouvert d'esprit !

Il avait arrêté net de déboutonner son pantalon, et l'avait regardée avec un air abasourdi.

— Plus ouvert d'esprit ?

— Oui, enfin, moins con, si tu préfères…

— Pardon ? Qu'est-ce que tu viens de dire ?

C'était sorti tout seul. Elle n'avait pas réfléchi. Et vu le regard de Simon, elle aurait peut-être dû. Ses magnifiques yeux bleus semblaient hagards, son corps athlétique qu'elle avait tant de fois désiré s'était tendu d'un coup. Même en colère, son mari restait un homme singulièrement beau, sur qui on se retournait dans la rue. Pendant trois secondes, elle regretta presque ses paroles… Puis…

— Et merde Simon ! Tu abuses ! Je te fais découvrir mon univers et tu ne fais que critiquer !

— Ton univers ? Ton univers ? Peuplé de gens qui passent des heures à parler pour ne rien dire sur des sujets dont tout le monde se fout ? Qui restent perchés, avec leurs livres, sans voir le monde d'en bas ! Avec des mecs tellement moches qu'ils essayent de compenser leur laideur en faisant croire qu'ils ont une intelligence supérieure à la moyenne ? Juste parce qu'ils inventent des mots bien compliqués, que personne ne comprend ? Tout ça parce qu'ils ne savent rien foutre de leurs dix doigts ! Non, mais tu rigoles ? Tu n'es pas du tout comme ces gens-là !

— Mais peut-être que j'aimerais l'être ! Qu'est-ce que tu en sais, toi ?

— J'en sais que tu es ma femme ! Que tu n'es pas comme ces gens qui prennent les autres pour des cons, juste pour se prendre davantage au sérieux !

— Mais peut-être que tu te trompes ! Que tu ne me connais pas tant que ça ! À moins que ce soit moi ! Je me suis peut-être trompée quand je t'ai dit *oui* devant l'autel…

Il s'était levé, interloqué. Comment avait-elle osé ? Il prit son manteau et claqua la porte.

Elle resta quelques minutes debout, sous la surprise de ce qui venait de se passer.

Elle s'effondra sur le lit, en pleurs.

51

— Mais enfin, Lisa, qu'est-ce qui t'a pris ? Simon a dû halluciner ! Toi qui es toujours aimante, qui vas toujours dans son sens... Il n'a pas dû tout comprendre.

— En effet. Moi-même, d'ailleurs, je n'ai pas trop compris ma réaction. Je ne sais pas pourquoi j'ai été aussi méchante. Cela ne me ressemble pas du tout !

Adèle la regarda, curieuse.

— Et alors ? Il a fini par revenir à l'hôtel ?

— Oui, vers 23 heures. J'étais au lit. Il s'est juste déshabillé et s'est glissé contre moi. J'ai tout de suite senti qu'il avait picolé. Son corps parlait pour lui. On a fait l'amour en silence et on n'en a plus reparlé.

— Ah ! Le câlin de la réconciliation ! En même temps, ça faisait tellement longtemps que vous ne vous étiez plus engueulés ! Vous avez dû l'apprécier celui-là !

— Le câlin de la résignation plutôt... Apprécié ? Ni plus ni moins que les autres. Mais c'est vrai que ça faisait longtemps. En même temps, il n'est jamais là, ça facilite l'entente !

— C'est sûr que ça doit aider… Ne te prends pas trop la tête. Les disputes sont normales dans un couple. Et même, je pense qu'elles sont nécessaires. C'est sain. Il y a énormément d'amour entre vous, n'en doute pas. Avec tout ce que vous traversez, c'est normal que la coupe déborde parfois.

— Si tu le dis.

— Vous êtes tous les deux dans l'attente, et la frustration doit bien s'exprimer parfois, d'une façon ou d'une autre. Même si c'est de cette façon-là. Il faut prendre son mal en patience.

Lisa fit la moue. Elle sentait les larmes monter.

— Mais je veux un enfant ! J'en ai ras le bol d'attendre ! Cette procédure d'adoption n'avance pas ! Nous ne sommes qu'un numéro de dossier, et on se fait observer par les assistantes sociales comme des lions en cage ou comme des singes au zoo ! Cinq ans que nous sommes en route avec cette histoire ! Il y a des abrutis qui font des gosses à tour de bras, et nous… ben… on attend ! Je veux un petit être à moi ! Je veux me lever la nuit et savoir pourquoi ! Avoir juste cette idée, ce bonheur, que quelque chose m'attend et n'appartient qu'à moi !

Lisa avait presque crié. Adèle lui répondit sur un ton doux et calme.

— Mais es-tu sûre de le vouloir avec Simon ?

— Quoi ? Mais qu'est-ce que c'est que cette question ? Bien sûr, avec Simon ! C'est mon mari, je te le rappelle ! Il me semble même que tu avais une place toute particulière lors de notre mariage !

— Ne t'énerve pas, mais tu viens de m'expliquer que tu voulais un être « à toi ». Tu n'as pas dit « nous », tu as dit « moi ». J'ai donc le droit de m'interroger !

Lisa resta bouche bée.

— Mais enfin, c'était une façon de parler ! À nous, bien sûr !

— Bien sûr, bien sûr… Ce n'est pas si évident… Et vois-tu, pour tout te dire, moi, je n'en suis plus si sûre justement ! Tu sais ce que c'est, ton problème, ma belle ? C'est ton idéalisme ! Réveille-toi ! Wouhou ! On est dans la vraie vie ! Et dans celle-ci, la princesse ne reste pas toute son existence avec le prince charmant ! Dans celle-ci, les sentiments, aussi forts soient-ils, ne sont pas éternels ! Dans celle-ci, le prince charmant peut même devenir un gros con orgueilleux, ou un égoïste qui se renferme parce qu'il ne sait pas exprimer ses souffrances ! Dans celle-ci, les mariés peuvent ne pas avoir beaucoup d'enfants, et la belle-mère peut être une nana sympa ! Dans la vraie vie, la princesse peut même tomber amoureuse d'une femme ! C'est pour dire !

52

Lisa se leva ce matin-là avec l'envie d'aller voir Nanette. Elle voulait arrêter de réfléchir. Et surtout de penser.

Elle eut droit, comme d'habitude, au sourire de Nanette, au petit muscat, aux Tuc… Mais juste après la traditionnelle blanquette, Nanette la fit revenir à la réalité.

— Que se passe-t-il, ma Lisa ?

Elle savait que cela arriverait, et peut-être même attendait-elle ce moment. Elle pensa, pendant une minute, que c'était la vraie raison de sa présence ici.

— Quelque chose ne tourne pas rond ?

— Euh…

— En même temps, ça ne peut pas tourner rond dans ce monde qui nous entoure… J'ai regardé les informations ce matin. Je ne le ferai plus. C'est déprimant. Tu te rends compte qu'on préfère baisser le niveau des examens plutôt que le nombre de bacheliers ? Mais on va où ? Et tu as entendu parler de cette histoire ? Cette femme qui s'est pris dix ans de prison pour avoir tué son salaud de mari qui la violait et la torturait depuis des années ? Quand tu penses qu'on condamne seulement à huit ans un fêlé qui a tabassé à mort un jeune inconnu dans un parc… Pff… Sans compter tout le discours sur les migrants ! Oh là là ! Qu'est-ce qu'ils nous enquiquinent avec ça ! On n'en veut plus sur notre territoire alors qu'il y a quarante ans, on est allé les chercher pour faire le sale boulot que personne ne voulait faire ! Il y a de quoi en perdre la raison ! Mais, bon, c'est comme ça, on n'y peut rien… (revenant à Lisa). Donc, tu vas me dire ce qui ne va pas ?

— Nanette, c'est compliqué.

— Bien sûr ma chérie, la vie est compliquée. Même quand elle semble ou qu'elle peut ne pas l'être. Tu réfléchis, Lisa, mais pas de la bonne manière. Tu écoutes ta raison, pas ton cœur. Et si celui-ci crie trop fort, tu finiras par céder et par te charger d'une autre masse, pire encore : la culpabilité.

— Alors quelle est la solution ?

— Je n'en ai pas. Mais la culpabilité vaut parfois le coup d'être portée.

Lisa leva la tête.

— Crois-en mon expérience, ajouta-t-elle.

Lisa avait compris. Les yeux de Nanette ne pouvaient tromper. Elle s'en doutait. Depuis très longtemps. Elle avait cru le comprendre à travers les mots de Nanette. Il y avait eu quelqu'un d'autre que Pierre-Yves.

À ce moment précis, le téléphone de Lisa bipa. C'était sûrement Ibrahim. Du moins, l'espérait-elle.

D'un regard, elle invita Nanette à parler.

— Ma vie avec Pierre-Yves a toujours été très simple. On s'est mariés, on a eu trois enfants, on ne s'est pas posé de questions. C'était une époque où l'on ne s'en posait pas. On se rencontrait, on s'aimait, on s'unissait. Sans dériver, sans sortir des sentiers battus. Notre existence était belle et simple, entourée des voisins, des amis. C'était sans risque et sans peur. Quand je vois les temps que nous vivons… Enfin, ce n'est pas la question.

Un soir, il est passé devant la vitrine. Dans son bleu de travail, avec ce visage… et ses yeux… Surtout ses yeux. C'était un des travailleurs qui étaient venus construire la salle polyvalente. Le maire leur avait aménagé un logement de fortune près du stade de foot.

Je le voyais quand j'emmenais les enfants à l'école.

Mais un soir, il est passé. Puis, repassé… Puis repassé encore.

Puis, après dix jours, il est entré. Et il m'a parlé.

Ce fut, je pense, la plus belle histoire d'une partie de ma vie. Ce fut aussi la plus courte.

Il était beau, Lisa, tu ne peux t'imaginer. Et romantique, et tendre… Il s'appelait Soufiane. Il venait de Marrakech. Son chantier était assez long. Il faut dire qu'elle est grande, cette salle polyvalente ! Mais nous avons réussi à nous voir vraiment deux fois… Deux petites fois… Un soir, et une nuit… Ce n'était pas simple pour moi de me libérer. Ce fut magique. Des moments hors du temps. Et heureusement ! Car ces quelques heures m'ont valu des années de culpabilité…

J'étais sous le charme, Lisa. Je n'ai pas pu contrôler. Je redevenais une femme désirable, entre ses bras. Il me faisait revivre.

Il me faisait rêver.

J'ai quatre-vingt-trois ans et je t'assure qu'il n'y a pas un jour où je n'ai pas pensé à ces moments.

Il est reparti. On s'est écrit des lettres. De belles lettres. Ce n'était pas simple de les recevoir, alors je les faisais arriver au travail.

Entre-deux, Simone est arrivée. C'est Pierre-Yves qui a voulu l'appeler comme ça. Moi, je voulais Madeleine. J'avais de la chance, Pierre-Yves aussi était bis de peau. Il avait des racines italiennes, et les utilisait d'ailleurs trop souvent ! Il était le chef, il voulait que je sois la *mamma*. Tu penses bien qu'il était mal tombé ! Mais on parvenait à s'entendre. Et même très bien parfois. Et comme de mon côté, j'avais toujours cette culpabilité… J'ai fini par en prendre mon parti. Je ne pouvais pas me lamenter chaque jour. J'avais choisi ma vie, il fallait que je l'assume. Et c'est ce que j'ai fait. Je crois.

Elle sourit. De petites larmes étaient apparues dans le coin de ses yeux, sans pour autant que sa voix ne change. Nanette ne dit rien pendant quelques minutes. Lisa ne trouvait pas les mots appropriés. Impuissante, elle se rapprocha et lui prit le bras. Nanette perçut cela comme une invitation à parler.

— Tu sais, Simone n'est pas née garce, je te l'ai déjà dit. Elle l'est devenue. Avec le temps. Et le mariage. C'était une enfant adorable. Je l'ai aimée… Tellement… Puis elle s'est aperçue que la meilleure façon de prendre soin de soi, c'était… de ne penser qu'à soi. Et elle a pris cette règle à l'extrême. Non seulement elle ne pense qu'à elle, mais elle n'aime qu'elle aujourd'hui.

Et parfois ses enfants, parce qu'ils reflètent sa propre image.

Je m'étonnerai toujours de ce changement et de ce qu'elle est devenue. Même si je sais, qu'au fond, tout cela n'est que de l'apparence. Je ne suis pas bête. Je vois bien. Je la connais comme si je l'avais faite.

Elle souffre parce qu'au fond d'elle, elle ressent une blessure qu'elle ne peut expliquer.

Parce que je ne lui ai jamais expliqué. Mais elle l'a toujours su.

Lisa était montée dans le bus, avait pris la première place libre, et avait laissé sa tête claquer doucement sur le carreau.

Jamais un après-midi n'avait été aussi… étrange. C'était comme si Nanette avait porté un sac à dos pendant des années, et qu'elle le lui avait donné. Ou cédé. Ou offert, c'est au choix.

Quoi qu'il en soit, Lisa devait maintenant en porter une partie. À ce moment-là, elle ne savait même pas si cette tâche lui semblait simple, ou pas. Une chose était sûre : elle était assommante dans un premier temps.

Mais, pour Nanette, elle ferait beaucoup.

C'est une fois à la maison, vers 18 heures, qu'elle pensa à regarder son portable. Elle s'étonna de ne pas l'avoir fait avant, et fut fière d'elle. Cela n'était pas arrivé depuis très longtemps. Au moins depuis que… Bref, elle avait réussi à se déconnecter quelques heures de cette insupportable attente et de sa réalité virtuelle, et c'était une petite victoire !

Mais ce qu'elle vit sur son petit écran lui donna envie d'y replonger aussitôt.

53

Ibrahim n'avait reçu aucun message de la journée.

Elle n'avait pas répondu à son texto. Celui envoyé à 12 h 52. Celui dans lequel il lui proposait une petite balade dans l'après-midi au parc. Il avait pourtant hésité. Beaucoup et longtemps. Mais il savait qu'elle était seule ce week-end. Et il avait plus que tout envie de la voir.

Si elle n'avait pas répondu, peut-être que c'était parce qu'elle ne pouvait pas répondre. Ou qu'elle ne savait pas quoi répondre. Qu'elle était entre retenue et envie.

Ou peut-être qu'elle avait choisi la raison. C'est-à-dire Simon. Ça rimait. Alors qu'Ibrahim ne rimait avec rien. Ou alors avec pantomime, intérim, déprime. C'était révélateur.

Du coup, elle était sûrement en plein sevrage. Du moins, elle essayait…

Une raison supplémentaire qu'il avait de l'admirer, car il savait qu'elle se battait contre des moulins à vent. Parce que c'est ce qu'il faisait, lui aussi, depuis des semaines. Mais en toute conscience.

Et si elle ne pensait plus à lui ? C'est qu'elle était très forte, et qu'elle s'était rangée à… la seule solution. Donc elle aurait eu raison.

C'est ce qu'il fallait justement. Absolument. Mais il chassa cette pensée et se réfugia dans ses rêves. Toujours les mêmes. Il refaisait les scénarios quinze fois. Il détaillait les gestes, les mots. Il l'enlaçait et se blottissait en elle. Les va-et-vient rythmaient les battements de son cœur. Il était bien. Si bien. Si loin. Il vivait chaque instant par procuration.

Il pensait à elle. Tout le temps. Même quand il en touchait d'autres.

Il pensait à elle, au-dessus des autres.

Il savait que rien ne l'autorisait à vivre quelque chose avec elle, alors il se promenait dans ses fantasmes, devenus une échappatoire, toujours à disposition. Au moins, cela ne faisait de mal à personne.

Enfin, presque.

54

Elle n'avait pas répondu à la proposition d'Ibrahim. Aller se balader dans un parc, un dimanche après-midi, aurait de toute façon été au-delà de ses forces.

Parce qu'elle ne voulait pas le voir. Surtout pas.

L'idéalisation était le sel de leur relation, et elle ne pouvait se développer qu'en gardant une certaine distance et en fuyant l'essentiel. Ils se désiraient, parce qu'ils ne pouvaient pas se toucher. De façon contradictoire, c'était aussi ce qui expliquait qu'ils ne parvenaient pas à s'éloigner.

Le voir aurait rappelé Lisa à la réalité. À la vraie vie. À tout ce qu'elle craignait actuellement.

Elle voulait continuer d'imaginer. Elle aimait le fantasme, peut-être plus que l'objet du fantasme. Elle se faisait des scénarios, dans lesquels ils se trouvaient enfin. Ils voyageaient. Partout et nulle part. Ils existaient pleinement.

Les traits d'Ibrahim surgissaient, comme ça, inopinément, comme s'ils avaient vu de la lumière et étaient entrés dans son cerveau. Le désir était par moment tellement fort qu'elle arrêtait toute activité pour mieux y penser : ses mains se baladant sur sa peau, ses yeux dans les siens, son amour sur son corps. Parfois même dans son corps. Elle rêvait leur premier baiser, imaginait leur première fois. Dans les toilettes du Pas Sage, dans un parc où elle lui avait donné rendez-vous, dans une chambre d'hôtel luxueuse.

Dans ses moments d'égarement et de plaisir, elle frôlait le blasphème. Dans ses moments de lucidité, elle se détestait et culpabilisait.

Les deux alternaient au fur et à mesure de la journée.

Elle aimait Simon, elle le savait. Leur vie était tracée, et la procédure d'adoption bien avancée. Un bébé viendrait bientôt bousculer ce quotidien.

Avec Ibrahim, rien ne pourrait jamais se passer. S'ils en rêvaient l'un l'autre (et même l'un avec l'autre… mais par écrans interposés), c'était peut-être justement le goût de l'interdit qui rendait les choses plus belles.

Et, justement, aujourd'hui, elle avait réussi. Elle ne lui avait pas envoyé de texto. Elle y avait évidemment pensé. Plein de fois. À plusieurs occasions qui auraient pu lui servir d'excuses. Ne serait-ce qu'en répondant au message de ce midi. En même temps, il ne l'avait pas relancée. Donc il n'avait pas pensé à elle ? Peut-être qu'il luttait… comme elle.

Elle devait maintenant concentrer toutes ses forces sur une autre échéance qui, elle l'espérait, allait lui faciliter la vie. Elle convoitait un poste en CDI dans la maison d'édition pour laquelle elle travaillait comme traductrice depuis quelques mois. L'entretien avait lieu le lendemain.

55

Les différents candidats, au nombre de cinq, avaient été parqués dans une petite salle attenante au bureau de la DRH. Le moment aurait pu être agréable, et se muer en une conversation d'échanges fort intéressante, si le stress et la pression n'avaient pas été aussi palpables. Chacun se regardait dans le blanc des yeux, en espérant qu'il pourrait écraser l'autre, ou au moins le balayer d'un revers de la main. Dans ces moments-là, même le plus saint des êtres serait capable de marcher sur ses concurrents pour obtenir le fameux sésame : un poste à durée indéterminée.

Lisa se détesta de ressentir une hostilité à l'égard de ces quatre autres personnes parce qu'elles désiraient la même chose qu'elle. Elle s'étonna aussi du nombre de candidats. Elle pensait qu'elle serait seule, puisqu'elle faisait déjà partie de la maison. Elle se félicita de n'avoir pas pris les choses à la légère, et d'avoir préparé consciencieusement l'entretien.

Pour patienter, elle s'enferma dans ses pensées. Et pour ne pas penser à Ibrahim, elle essaya de se concentrer sur sa carrière, ce qui la déprima encore plus. Elle avait cru ne jamais devoir s'astreindre aux dures lois des entreprises privées et, surtout, ne jamais devoir passer un entretien de recrutement mais plutôt une « audition », nom ô combien pompeux qui désignait exactement le même exercice, mais au sein de l'université. En même temps, cela permettait de se mettre au clair sur l'idée selon laquelle elle devrait jouer toute sa vie un rôle, celle de représenter, en apparence, l'élite intellectuelle française. Il fallait de l'esbroufe ! Des grands mots ! Des titres prestigieux comme docteur, professeur ou doyen ! Et mentir ! Surtout mentir ! Faire croire, promettre, fabuler... Le tout avec le sourire. Et même une certaine conviction. Par exemple, expliquer à un futur doctorant qu'il a fait le bon choix, opté pour la bonne voie en sachant pertinemment que le jour où ce même doctorant deviendrait docteur (et donc ne viendrait plus grossir les bancs du laboratoire de recherche dans lequel il allait s'investir pleinement pendant six ans), on lui montrerait la porte en lui expliquant que la politique des postes était draconienne, que la conjoncture économique était mauvaise, qu'il fallait peut-être se tourner vers le privé... Pire, il obtiendrait sa qualification (l'autorisant à postuler sur un poste qui n'existait pas... On est procédurier ou on ne l'est pas !) comme pour lui dire : « C'est bien ! Nous reconnaissons pleinement tes grandes compétences ! Mais nous n'avons pas de place pour toi ! » Le comité national des universités qualifiait chaque année plus de 1500 candidats, pour une demande d'environ 150 postes. Là résidait toute la logique de l'enseignement dit supérieur, qui n'était en réalité qu'un microcosme des instances les plus supérieures où l'orgueil et le carriérisme étaient érigés en valeurs primordiales.

Lisa avait pris conscience de cette dure réalité, mais désirait plus que tout intégrer cette « grande famille » pour une raison : allier la recherche qui la passionnait à l'enseignement qui l'inspirait. Si en plus elle pouvait être payée pour cela ! La réalisation de son rêve s'était, au fur et à mesure du temps, éloignée. Ce n'était pourtant pas faute d'y avoir mis de la bonne volonté : en tant que doctorante, elle avait organisé des colloques, des journées d'études sur des sujets improbables, s'était même fait élire représentante des doctorants, avant de comprendre que son laboratoire était juste une fabrique de chômeurs surdiplômés (ce qui, aux yeux de tous, semblait être un grade supérieur à chômeur tout court. La finalité était la même, le prestige du titre en plus).

Elle se souvint de ces années lycée, durant lesquelles elle n'avait jamais vraiment su ce qu'elle ferait. Tout l'intéressait mais rien ne l'attirait. Elle avait choisi l'ethnologie par élimination : c'était, alors, le « moins pire » pour elle. De plus, cela lui permettait de rester près de Simon. Elle avait eu sa première année sans trop de mal, mais ne se projetait jamais dans un métier, de peur d'être confrontée à un vide déroutant. Elle vivait (et c'était déjà bien !), ne sachant pas pour quoi elle était faite.

Mais au cours de sa troisième année, alors qu'elle était au fond de la salle entre Ibrahim (tiens, elle avait presque oublié qu'il avait été là à ce moment si important pour elle) et Caro, elle avait vu arriver Mme Timache. Presque quarante ans, très brune, les yeux noirs et saillants, un tailleur Chanel qu'elle portait aussi bien que souvent. Si l'autorité et la froideur avaient dû avoir un visage, c'eût été celui-là. Elle n'avait pas dit bonjour, avait juste regardé les étudiants, qui avaient fini par se taire. Puis, d'un ton sec et catégorique :

— Ceux qui ne sont pas intéressés par l'anthropologie des techniques sont priés de sortir, de même que ceux qui ont envie de raconter leurs petites histoires navrantes à leurs voisins. Je ne suis ici ni pour faire de la discipline, ni pour être aimée, mais pour transmettre un savoir. Je laisse trois minutes à ceux qui le souhaitent pour quitter la salle.

Évidemment, personne n'avait bougé (le coefficient de cette matière était relativement élevé, ce qui avait pu influencer l'inertie de certains). Chacun avait baissé les yeux et attendu.

— Très bien. Alors, commençons.

Et Mme Timache avait commencé à enseigner, et à passionner. Son visage s'était modifié. Il ne s'était pas ouvert, il était devenu différent. On aurait presque pu croire à une transfiguration. Les mots sortaient avec un naturel déroutant, mais aussi avec un dynamisme et une ferveur que Lisa n'avait jamais vus chez personne. Au bout de cinq minutes, elle avait été totalement absorbée. L'alarme incendie aurait pu retentir, ou le monde s'écrouler, que personne n'aurait bougé le petit doigt. Seule la voix de Mme Timache résonnait dans cette salle pourtant comble.

C'est alors que Lisa avait compris : voilà ce qu'elle voulait faire, ce qu'elle voulait être. Elle avait enfin trouvé sa voie.

— Je finirai là-dessus. Merci pour ce cours et à la semaine prochaine.

Lisa et Ibrahim s'étaient regardés et avaient eu envie d'applaudir, mais Mme Timache avait déjà retrouvé son masque de froideur.

La porte s'ouvrit, Lisa s'engouffra dans la salle. Elle connaissait deux des trois personnes qui la scrutaient, et avait même été estampillée par l'un d'eux comme « la candidate locale », ce qui la plaçait dans la plus confortable, et enviée, des positions.

Elle ressortit vingt minutes après, avec le sourire. Cette fois, elle était sûre d'elle.

Elle sortit et fuma cigarette sur cigarette. Elle ne savait pas pourquoi ni ce qu'elle attendait, mais n'avait pas envie de rentrer directement chez elle. Elle prit son portable pour envoyer un texto à Ibrahim. Cela faisait maintenant assez longtemps qu'elle se retenait. Elle cherchait ses mots quand elle vit arriver une jeune fille petite et rondouillarde, qui était assise près d'elle quarante minutes auparavant. Au vu de sa mine déconfite, son entretien n'avait pas dû bien se dérouler.

— Ça s'est bien passé pour toi ?

Lisa fut étonnée par cette voix caverneuse et sûre d'elle qui tranchait totalement avec le physique de cette femme étriquée dans son tailleur rose.

— Oui, je pense.

— En même temps, je crois qu'il n'y a pas trop de doutes, les dés sont jetés.

Lisa eut un espoir. Y avait-il eu des fuites ?

— Pourquoi ? dit-elle sur un ton qu'elle ne voulut pas trop victorieux.

— Tu sais, la fille habillée en jean et veste noire assise sur la gauche et qui est passée juste avant toi... Je l'ai vue sortir ce matin du bureau du DRH. Elle s'essuyait la bouche en reboutonnant discrètement sa chemise.

Lisa resta bouche bée. Elle avait peur de comprendre.

— Quoi ? Qu'est-ce que tu essaies de me dire ?

— Que certaines ont des aptitudes et des arguments qu'à l'évidence nous n'avons pas.

La jeune fille tourna les talons, au moment même où le téléphone de Lisa sonna. Elle n'avait pas le poste, car une candidate s'était révélée plus compétente qu'elle.

56

Elle sauta dans le premier bus et composa le numéro de Simon. Elle avait une furieuse envie de pleurer, mais les larmes restaient bloquées par la colère qui venait de la submerger. Il fallait pourtant qu'elle apprenne à ne pas se révolter contre l'injustice, puisque celle-ci semblait être la ligne directrice de son existence.

Cinq sonneries et, comme d'habitude, un renvoi sur la messagerie.

Sans écouter, elle entendit à la radio le flash info. La voix enjouée de la présentatrice annonça les chiffres catastrophiques du chômage, la victoire de Wawrinka à Roland-Garros et un lourd attentat-suicide dans un centre commercial à Hangzhou qui avait fait au moins 120 morts et des milliers de blessés.

Personne, dans le bus, n'avait bougé. Certains observaient le vide avec attention, d'autres discutaient en rigolant, la plupart avaient les yeux fixés sur leur écran de portable. Il n'y avait même pas eu une petite exclamation, une mine déconfite, alors qu'un cataclysme venait de secouer Lisa. Hangzhou : c'était précisément là où devait se trouver Simon. Elle recomposa son numéro. Rien. Cinq fois, dix fois. Toujours rien. Elle alla dans son journal d'appels, retrouva le numéro de l'hôtel. Petit téléphone vert. Toujours rien. Des sonneries, dans le vide.

Dans la panique, elle avait sûrement raté son arrêt.

Enfin, son téléphone sonna.

— Allô ?

La voix criarde de son père résonna.

— Ah ! Enfin ! J'arrive à t'avoir ! Tu ne sais pas rappeler quand on te laisse un message ?

— Papa, il y a eu un attentat.

— Oui, ben, comme souvent. Grave ?

— Près de 120 morts !

— Mais dans quel monde on vit ! C'est tout politique, tout ça. C'est où cette fois ?

— À Hangzhou.

— Ouf ! Tu m'as fait peur ! Tu veux ma mort ou quoi ? J'ai cru que c'était en France ! C'est déjà moins grave. On connaît personne là-bas !

— Mais Papa, Simon est à Hangzhou.

— Ah, zut ? C'est pas vrai ? Il aura vraiment jamais eu de bol dans sa vie, lui…

Lisa ne put s'empêcher de se sentir visée. Elle n'avait jamais su définir si son père était maladroit ou complètement crétin.

— Bon, je n'ai pas le temps, je te rappelle.

Elle avait raccroché sans lui laisser le temps de s'expliquer davantage. Elle ne savait même pas pourquoi il l'avait appelée, alors que cela n'arrivait jamais.

Une fois à la maison, son premier réflexe fut d'allumer la télévision, tout en se connectant sur le Net via son ordinateur. Le 20 heures commençait justement. Le visage de David Pujadas souriait aux millions de téléspectateurs.

— Mesdames, Messieurs, bonsoir ! Ils sont prêts, ils s'entraînent, ils vont nous faire rêver ! Les Bleus sont arrivés ce matin à Clairefontaine et ont mangé un bon repas à base de pâtes, avant d'aller se reposer. Retrouvons immédiatement notre reporter spécial sur les lieux…

Vingt-cinq mecs qui mangent des pâtes pendant que des centaines meurent à des kilomètres de là. La télévision française avait sans aucun doute le sens des priorités.

Lisa retenait son souffle. Imaginer sa vie sans Simon était impossible. Elle en était sûre maintenant. Les larmes coulaient, coulaient, et continuèrent de couler longtemps dans la soirée. Elle était incapable de faire quoi que ce soit. Elle ne s'était même pas levée pour manger. Elle restait assise, à regarder son portable. Elle ne pensait pas non plus. Elle ne savait qu'émettre un constat déplorable, selon lequel cette journée avait été à l'image de sa vie en général : un échec professionnel, et la voix de son mari qui la sort toujours du gouffre.

Car, enfin, le téléphone sonna. Il était 22 heures.

Simon rentrerait le plus vite possible. Toutes les infrastructures étaient pour l'instant bloquées. Il devait juste repasser au siège, à Poitiers, avant de pouvoir prendre quelques jours chez lui.

Elle décida d'aller se coucher : dormir était la seule action qu'elle pouvait faire dans son état. Ce n'est qu'en jetant un dernier coup d'œil par la fenêtre qu'elle s'aperçut que la lumière de l'abri de jardin était allumée. Étrange, puisqu'elle n'y avait pas mis les pieds depuis au moins une semaine. Et encore, c'était en pleine journée… Devenait-elle folle au point de ne plus savoir ce qu'elle faisait ? Y était-elle allée ce soir ?

Elle y repenserait demain. À chaque jour suffisait sa peine.

57

Elle avait décidé de passer le week-end chez ses parents. Cela lui changerait les idées en attendant que Simon revienne, et retrouver les rues de son enfance lui permettrait peut-être de clarifier ses pensées. Et puis, elle voulait voir sa mère. Se blottir dans ses bras, comme quand elle était petite et qu'elle avait un chagrin.

Elle avait juste oublié combien sa mère parvenait, en un temps record, à l'exaspérer.

Après le métro, le train, quinze minutes de bus et dix de marche, elle était enfin arrivée devant la porte rouge.

Lisa s'aperçut qu'elle avait oublié ses clés. À moins qu'elle ne les ait perdues ? Elle entendait déjà le cliquetis de la serrure, et se dit qu'elle vérifierait cela en rentrant à Chantilly.

— T'as encore oublié tes clés ?

— Bonjour, maman.

— Bonjour ! Ça va ? Ton père va bientôt rentrer. Ça a été le train ? Oh ! J'ai mal au dos depuis deux jours. Tu te sers si tu veux quelque chose à boire !

— Sinon, ça va ?

— Oui, cria Lisa depuis la cuisine.

Elle se servait un café qu'elle s'était résolue à faire elle-même.

Elle retourna dans le salon. Sa mère était assise sur le canapé, la télé allumée.

— Ne bois pas ton café debout, tu vas te disputer.

Cela fait toujours plaisir, un bon présage.

Lisa s'assit.

— Alors, quelles sont les nouvelles, ma chérie ? Comment ça va, le travail ?

— Bien, bien. Je donne toujours des cours à la fac, et…

Elle n'eut pas le temps de lui raconter l'entretien.

— Ah, ben oui ! C'est bien ce que je disais à Mme Raynaud, j'l'ai rencontrée à l'Intermarché hier matin… Attends, c'était hier matin ? Non, jeudi… Attends, on est quel jour ?

— Vendredi, maman.

— Ah, oui, c'est vrai. Donc, j'ai vu Mme Raynaud, et je lui ai dit que t'étais une sorte de prof pour les grands.

— C'est un peu ça.

— Du coup, on a parlé. Et c'est vrai ce qu'elle disait, les profs, c'est comme les maîtresses, ça gagne bien !

— C'est pour ça que je ne suis qu'une « sorte de prof », tout doit être relativisé.

— Pff, tu parles toujours avec tes grands mots… Bon, bref, tout ça pour te dire que j'ai vu Mme Raynaud à l'Intermarché… Elle va bien ! Elle te fait un grand bonjour ! Elle était avec son nouveau petit chien. Ben ouais, qu'est-ce que tu veux, elle s'ennuie depuis que ses enfants sont partis… Surtout qu'elle est quand même veuve depuis dix ans ! Ça, c'est un sale coup… Et donc… Qu'est-ce que je te disais ? Ah oui, son chien… Mais tout de même, le prendre dans l'Intermarché, j'trouve pas ça propre, hein ?

Et Lisa avait tout su. La voiture noire suspecte qui stationnait entre 16 et 17 heures deux après-midi par semaine (au moins !)… La voisine l'avait vue aussi ! C'était visiblement un homme qui allait au n° 10… Et le chien du n° 22 qui n'arrêtait pas d'aboyer ! Ou encore, ce chat qui s'était fait écraser à l'entrée du quartier Ravel !

Ces dernières nouvelles avaient dû leur faire la semaine, à sa mère et aux quelques pipelettes curieuses et mégères des alentours !

Elle se contentait de quelques approbations de temps à autre. Puis son père était rentré.

— Tiens, t'es là, toi ?

Et il s'était avancé pour l'embrasser. À sa façon. Aussi froid que mécanique. Puis il s'était assis sur le canapé, avait pris la télécommande. Dans sa grande bonté, il s'était tout de même tourné vers sa fille pour lui adresser quelques mots :

— Ça va ? T'es v'nue comment ?

— En train. Oui, ça va.

— C'est bien. T'es là jusqu'quand ?

— Je ne sais pas encore. Sûrement demain soir.

— Ah ! Bon, t'arrives Bobonne ?

Elle n'avait plus entendu ce surnom depuis cinq mois. Elle ne le supportait pas. Elle supportait encore moins de voir « Bobonne » trotter pour apporter une bière à son mari, en grommelant tout de même un « c'est bon, c'est bon ».

Elles continuèrent à discuter (enfin, sa mère de parler et elle d'écouter) mais furent vite chassées à coup de « chut ! » et de regards menaçants. Elles se réfugièrent dans la cuisine où elles préparèrent les tomates farcies pour le dîner du soir. Elles entendirent tout à coup un bruit suspect venir du salon. Lisa interrogea sa mère du regard. Celle-ci n'avait même pas relevé la tête, et affirma, en guise d'explications : « Mieux vaut péter en société que mourir seul. » Le ton du week-end était donné.

Le dîner fut couvert par le bruit des informations et de leurs lots de mauvaises nouvelles, agrémenté çà et là des remarques tonitruantes de la voix paternelle, de celles qui rappelèrent à Lisa pourquoi elle revenait si peu.

— Ben v'là ! J'l'avais dit ! Tous des pourris, ces politiques ! Et tout ça avec not'fric… Ben, tiens, donc ! Et on laisse faire, on bouge pas… Quatre cent quarante-cinq mille pour écrire des discours et s'pavaner ! Moi aussi, j'veux bien l'faire, à c'prix-là !

Heureusement qu'il y avait des silences entre deux. Le contraire aurait été insoutenable.

Lisa aida sa mère à débarrasser, et décida de monter presque aussitôt. Elle avait besoin de retrouver sa chambre, de se glisser dans son lit de jeune fille. Et de réfléchir. Ou plutôt de penser.

Les draps étaient froids et sentaient l'Ariel. La couverture en flanelle bordée par sa mère était tellement serrée qu'elle dut mettre toutes ses forces à tirer dessus. Une fois allongée, elle regarda le plafond, comme elle l'avait fait pendant des heures, des années auparavant. C'était dans ce lit qu'elle avait pris ses plus grandes décisions. Qu'elle avait le plus fantasmé aussi. On verrait lequel des deux l'emporterait ce soir.

58

Elle appela Adèle dès son retour. Elle avait un besoin furieux de voir des gens normaux, quelqu'un qui l'aimait et qui poserait sur elle un regard compatissant. Ce n'était pas le meilleur des sentiments, mais cela pouvait parfois remonter le moral.

Adèle arriva en marchant doucement, très doucement… trop doucement par rapport à d'habitude.

— Ça ne va pas, ma belle ?

— J'ai l'impression d'avoir soixante-cinq ans… Un mal de dos comme ce n'est pas permis ! Il me faudra bientôt un déambulateur !

— N'exagère pas… Tu as vu le médecin ?

— Ah ben oui, j'en ai même vu deux.

— Et alors ?

— Ils m'ont dit que ça passerait.

— Diagnostic efficace et rassurant…

— Peut-être… Mais j'aurais mieux fait de m'en tenir à ça. J'ai fait la bêtise d'en parler à Corinne, ma secrétaire.

— Et ?

— On ne commanderait pas un mojito avant ?

— À ce point ? Je ne vais pas me faire prier, je rentre de chez mes parents…

— OK, un double alors…

Après dix contorsions, quinze grognements et autant d'exagérations, Adèle soupira un bon coup et se mit à imiter Corinne, cette petite trentenaire excentrique et exubérante, en train de s'esclaffer dans la salle de pause, au milieu de quinze collègues à peine réveillés.

— Mais vous ne vous imaginez pas, ma pauvre Adèle ! Je vous comprends, c'est affreusement douloureux le dos ! Vous avez déjà lu *Je vais mieux* ? Foenkinos en parle ! Il faut que vous alliez faire des examens. Je vais appeler la demi-sœur de ma cousine. Elle est aussi secrétaire, mais à l'hôpital. Je suis sûre qu'elle pourra vous avoir un rendez-vous très vite !

Adèle n'avait pas osé refuser, alors qu'elle pressentait déjà les sourires de ses collègues à l'idée du potentiel arrêt maladie auquel elle serait peut-être obligée de s'astreindre. Quelques jours sans sa responsable, c'est toujours bon à prendre !

Corinne avait tenu ses promesses. Le lendemain, Adèle avait rendez-vous. Elle était arrivée avec quinze minutes d'avance, et avait consulté le fidèle allié de la moitié de la population mondiale pour patienter : Google. Ce court laps de temps fut suffisant pour qu'elle s'interroge sur une hypothétique fatigue chronique qu'elle aurait ressentie, des fourmillements dans les doigts ou même, par moment, des dérangements intestinaux. C'était tombé comme un couperet (si tant est que l'écran ne puisse mentir…) : elle allait peut-être mourir. Elle ne savait pas exactement de quoi, ni quand, mais elle allait mourir. Mince, ce n'était pas exactement ce qu'elle avait prévu, du moins, pas dans les années à venir.

Enfin, elle avait entendu vociférer son numéro à travers le hall (au cas où les deux énormes écrans qui y étaient placés n'auraient pas rempli la seule fonction qu'on leur demandait d'assurer). La personne dont ce chiffre provenait était à l'image de la voix. Criarde et peu avenante. Les yeux auraient pu radoucir l'impression générale, mais jamais Adèle ne croisa son regard, rivé sur l'écran.

— N° 729 !

— Bonjour, je viens pour…

— Nom, prénom, carte d'identité, de sécu et de mutuelle, ordonnance. C'est un accident de travail ?

— Euh, non, c'est juste parce que…

— Numéro de téléphone ? Adresse ?

Adèle avait épelé mécaniquement les informations demandées avant de se voir tendre un dossier.

— Deuxième à gauche, puis première à droite après les toilettes.

— Euh, bonne…

— N° 730 !

Elle avait arpenté les couloirs, s'était perdue deux fois, jusqu'à voir enfin le panneau « radiologie ». Il fallait de nouveau se présenter à un guichet. Pas de numéro cette fois. Juste la mine accueillante d'une secrétaire trop maquillée.

— Bonjour !

— Bonjour. Vous êtes passée par l'accueil ?

— Oui, oui.

— Vos papiers ?

Elle avait dû de nouveau décliner son identité.

Heureusement que le décor et l'odeur lui rappelaient le lieu dans lequel elle se trouvait, car il aurait pu y avoir confusion.

Adèle avait tendu l'ensemble, et avait observé la secrétaire vérifier minutieusement le tout.

— Il manque la photocopie de la carte vitale. Ils ne vous l'ont pas faite à l'accueil ?

— Euh, non.

Signe d'agacement. La gentille secrétaire avait perdu son sourire

— C'est toujours la même histoire avec eux ! Incapables de faire leur boulot ! Ce n'est pourtant pas bien compliqué ! Si tout le monde faisait son travail, on pourrait avancer, mais comme ce n'est pas la priorité de tous.

Elle s'énervait tout en essayant de prendre Adèle à témoin, et d'obtenir son approbation, en vain.

— Il faut retourner à l'accueil.

— Quoi ? Mais madame, j'ai déjà du mal à marcher ! Vous ne l'avez pas vu ?

— Je me doute que si vous êtes ici, c'est que vous n'avez pas la grande forme. Mais les règles sont les règles.

— Mais enfin, il doit bien y avoir une photocopieuse près d'ici ?

— Non. Et même si c'était le cas, ce n'est pas dans ma fiche de poste. Je ne suis pas payée pour faire le boulot des autres !

Adèle avait refusé, s'était assise sur l'une des deux dernières chaises qui restaient et avait attendu que le radiologue arrive, espérant pouvoir trouver du soutien. Après quarante-cinq minutes, celui-ci était arrivé mais ne lui avait pas laissé le temps de s'exprimer, et l'avait emmenée tout de suite dans la salle de radiologie.

L'examen n'avait pris que quelques minutes. Il en avait fallu bien plus à Adèle pour se déshabiller et se rhabiller (Tania l'aidait depuis quelques jours tant la douleur était désagréable).

Elle était retournée en salle d'attente, face à la secrétaire qui la regardait d'un œil noir.

Après quinze minutes, un médecin était arrivé dans la salle d'attente.

— Madame Dinard ?

— Oui ?

Elle était en train de se lever quand elle avait entendu :

— Tout est OK ! Il n'y a rien ! Du moins on n'a rien vu ! Vos résultats et la lettre pour le médecin traitant seront prêts dans quinze minutes. Bonne journée !

— D'accord, mais, euh…

— Tout est expliqué dans la lettre.

Au moins quelqu'un de rapide dans cet hôpital !

Elle avait attendu de nouveau vingt minutes quand elle avait entendu la secrétaire pester derrière sa vitre.

— Ah non ! Ce n'est pas vrai. Encore cette imprimante !

Elle avait bidouillé cinq minutes tout en pestant, puis avait décroché son téléphone.

— Le service technique ? Ouais, c'est Martine. L'imprimante est encore cassée.

Voilà comment dix minutes plus tard, Martine et deux techniciens en bleu de travail regardaient scrupuleusement l'imprimante, espérant qu'elle se remette en marche par la seule force de leurs pensées.

Adèle n'y tenait plus… Elle devait récupérer Emma à l'école. Elle avait pris son courage à deux mains.

— Madame, s'il vous plaît ?

Elle avait eu droit à un regard noir et assassin, en guise de réponse.

— Je peux récupérer mes radios et la lettre ? Je dois aller chercher ma fille à l'école.

La secrétaire s'était approchée, presque triomphante.

— Je ne peux pas vous donner ces documents.

— Pourquoi ? Je vois le dossier avec mon nom sur votre bureau. Il est là.

— Parce qu'il manque des papiers dans votre dossier.

— Vous rigolez ? Pour cette fameuse photocopie ?

— Oui. Je vous l'ai dit, les règles sont les règles.

Adèle était restée bouche bée. Si elle en avait eu la force, elle aurait pu sauter à la gorge de son interlocutrice. Elle avait tenté de rester calme et d'instaurer un dialogue, mais avait compris rapidement qu'elle n'arriverait à rien. Heureusement, l'un des deux techniciens les avait interrompues.

— Martine ! Faut que tu viennes lancer un document à imprimer.

La secrétaire avait eu un regard condescendant, puis avait tourné les talons.

Adèle avait profité de ce moment pour prendre doucement le dossier, et s'éloigner tout aussi doucement.

Les yeux rivés sur l'écran, absorbée par une étonnante concentration, la secrétaire n'avait pas levé le nez pendant cinq minutes. C'était le temps qu'il avait fallu à Adèle pour longer le couloir et s'éclipser.

Elle prit une grande gorgée de mojito et s'arrêta enfin, essoufflée par l'énervement avec lequel elle avait relaté ce long récit.

— Mais j'ai quand même rencontré des gens sympas. La petite vieille de la salle d'attente par exemple, avec qui j'ai passé, du coup, une bonne partie de la journée ! Et puis, cela m'a permis de tirer une conclusion. L'hôpital est à l'image de tous les services publics : en théorie, tel qu'il est conçu, il pourrait très bien fonctionner ! Mais seulement s'il n'y avait pas de patients ! Bon, du coup, je n'ai pas d'arrêt ! Je suis rassurée… autant que mes collègues sont dépités !

Adèle sourit. Lisa, à ce moment, la trouva belle. L'amour lui allait tellement bien, qu'elle en transpirait.

— Bon, et toi, ma Lisa ? Tu m'as rapporté ce fameux manuscrit dont tu m'as parlé ? Je suis si heureuse de le lire ! Ton premier roman ! Je suis sûre que c'est un futur best-seller !

59

Le lendemain, dès 8 h 30, Lisa considéra que c'était un horaire tout à fait raisonnable pour déranger sa meilleure amie, alors qu'elle était au travail. Elle voulait absolument savoir ce qu'elle avait pensé du manuscrit…

Adèle ne répondit que deux heures plus tard, de façon très succincte : elle pouvait retrouver Lisa pour dîner au Pas Sage vers 19 heures.

Elle avait remarqué la mine déconfite de sa meilleure amie dès que celle-ci avait passé la porte.

— Tu n'as pas aimé ?

— Bonsoir, avant tout !

— Tu n'as pas aimé, je le vois à ta tête… Tu es allée jusqu'à quelle page ?

Adèle prit le temps de retirer son manteau, de poser son sac et de s'asseoir.

— Vingt-cinq.

— Sur quarante-trois ?

— Mais tu me l'as donné hier soir !

— Justement ! Si tu avais aimé, tu l'aurais déjà dévoré !

— C'est un manque de temps. J'étais crevée et je bossais aujourd'hui…

— Mouais…

Adèle commanda leur plat préféré avant même que le serveur n'ait réussi à atteindre leur table, puis regarda son interlocutrice droit dans les yeux.

— Lisa, je vais te le dire justement parce que je t'aime, et qu'avoir un peu mal, parfois, est la condition pour connaître de très grands bonheurs. Je ne veux pas que tu te prennes un mur. Les quinze premières pages ne sont pas accrocheuses du tout. Elles sont très descriptives. C'est joliment dit, certes, mais à force de nous expliquer comment il est, ce paysage, on finit par se dire qu'il pue le jardin public, agrémenté d'une sacrée dose d'imagination de la part de l'auteur. Je suis désolée, je ne suis peut-être pas la lectrice que tu attendais ou espérais, mais j'ai besoin d'être saisie dès la première page… Et même les premiers mots !

Elle sortit le manuscrit de son sac, chaussa ses lunettes et tourna la première feuille sur laquelle s'inscrivait, en grosses lettres, le titre : *Tout vient à point.*

— Cuisson de la viande ? vint interrompre le serveur.

— Rosé et à point, merci, répondit Adèle sans consulter la Lisa dépitée qui se liquéfiait devant elle.

— Donc : « Le soleil baignait la campagne de ses doux rayons, et prit progressivement sa place entre deux montagnes. Sa lumière se reflétait sur l'herbe verdoyante. Des fleurs, violettes, roses et jaunes, parsemées dans cette étendue où toutes les pensées sont possibles, etc. » À ce stade, tu n'as pas encore totalement perdu ton lecteur, mais tu ne l'as pas accroché…

— Oui, vu comme ça, le début est peut-être à travailler. Mais après ? Le personnage de Marie ? Il arrive à la troisième page !

— Ben, oui… Je n'accroche pas, je ne m'y retrouve pas. Elle ne semble pas très sympathique avec son physique de camionneur…

— Et Steve ?

— Oui, alors lui… Dès le début, on comprend que toute l'intrigue tournera autour de leur potentielle histoire d'amour… Steve est sympa, parfois rigolo, mais un mec qui pense et qui réagit comme ça…

— Justement ! Il ne ressemble à personne !

— Mais tu fais quoi de l'identification au personnage ? Le fait d'avoir des points communs avec lui, parfois de s'y reconnaître, voire de s'y projeter ? C'est important pour le lecteur !

— En bref, tu ne t'y retrouves pas. Ou tu t'attendais à autre chose et tu n'aimes pas parce que ça ne parle pas de toi…

— N'importe quoi… Tu arrêtes la mauvaise foi ? Ce n'est pas que ça ne parle pas de moi, c'est que cela ne me parle pas… Ou ne parle pas tout court d'ailleurs ! À moi, la personne X ou Y, la lectrice lambda !

— Tu n'es pas lambda !

— Alors ne viens pas me demander de lire ton livre et de t'en faire la critique, si tu ne sais pas l'accepter ! Ou me demander mon avis si tu ne veux pas qu'il soit franc. Dis-moi ce que tu veux entendre et je te le répéterai !

Lisa fit la moue. Adèle lui sourit.

— C'est juste que tu es capable de faire mille fois mieux. J'ai déjà lu des choses de toi, et ce n'était pas comparable. Souviens-toi de ce que tu avais écrit au lycée. Ressors-le, au besoin. Et concentre-toi sur cette écriture. Octroie-toi des moments où tu ne penses qu'à ça. Laisse vivre de vrais personnages, des êtres qui pourraient être réels. Laisse-les grandir et prendre leur place.

— Je ne sais pas si j'en suis capable, en y réfléchissant bien.

— Bien sûr que si ! Écris comme tu respires et ça marchera !

Lisa rentra chez elle en écourtant un peu le repas, car elle voulait mettre en application les conseils d'Adèle et consacrer sa soirée, et peut-être sa nuit, à l'écriture. Entièrement. Sans télé, sans portable, sans radio. Juste sa feuille et elle.

Ses pensées commencèrent à vagabonder alors qu'elle venait de passer le portail. Elle s'amusa à croire que c'était l'aura de la maison qui lui était bénéfique. Vite, un stylo ! Elle ne devait pas perdre les mots qui lui venaient.

Elle s'installa sur son canapé et écrivit frénétiquement durant deux heures. Elle se laissait aller, s'amusait, ne se censurait pas. Et produisait des bribes.

Elle décida de poursuivre dans son lit. Elle cogitait encore sur le passage qu'elle était en train d'écrire, pendant qu'elle se déshabillait, se démaquillait, et mettait un dernier coup de brosse dans ses cheveux déliés. Alors qu'elle courait après un mot précis, elle chercha d'un geste machinal *Belle du Seigneur* sur la table du salon, mais sa main tâtonna sans trouver le fameux pavé. Elle regarda sur et sous le canapé, par terre, sur les étagères… Rien. Elle l'avait pourtant laissé là il y a deux jours, entre deux magazines. C'était sa place !

Elle resta immobile et réfléchit. Elle tenta de ne pas se laisser déborder par l'espèce de sentiment de peur qui essayait de l'envahir. Elle avait bien lu ce livre il y a deux jours ? Elle se souvenait encore précisément du chapitre ! Celui où Solal enlève Ariane. Un de ses passages favoris. Mais, en même temps, certains gestes sont tellement automatiques qu'on ne les intellectualise plus du tout, pas plus qu'on ne s'en souvient. Peut-être avait-elle pris le livre chez ses parents, et l'avait oublié là-bas ? Mais elle ne se voyait même pas le glisser dans son sac ! Elle se demanda si elle ne devenait pas folle.

Elle pensa être juste fatiguée. Elle alla se coucher, sans livre à lire ou à écrire.

60

Simon était enfin rentré. Lisa avait eu l'impression de le retrouver après des mois, alors qu'il n'était reparti que depuis trois semaines. Elle le serra tellement fort dans ses bras qu'elle crut le casser. Elle aurait pu le perdre… mais il était là devant elle ! Elle voyait cela comme un signe : Simon était l'homme de sa vie, elle ne devait plus en douter.

Après de brèves retrouvailles, ils se dirigèrent, comme de tradition, vers chez Jean-Baptiste et Amélia.

Lisa arriva avec ce sentiment de « pas envie ». De repasser une de ces soirées, de manger des sandwichs et de parler avec Amélia. Jusqu'à ce soir, elle avait presque oublié que celle-ci ne lui avait donné aucune nouvelle depuis leur accrochage. En même temps, elle ne lui en avait pas donné non plus.

Lisa avait déjà fait suffisamment dans le social ce mois-ci.

C'est Jean-Baptiste qui ouvrit la porte.

— Salut vous ! Retour au bercail, Simon ?

La même phrase depuis douze ans. Mais il ne fallait pas partir négative. Les habitudes ont du bon.

Lisa posa son manteau, dit bonjour à tout le monde (Ouf ! Ils étaient les derniers ! Lisa n'aurait même pas besoin de faire la conversation pour meubler).

Quinze minutes plus tard, Amélia vint s'asseoir à côté d'elle, lui demandant de ses nouvelles. Une tentative d'approche que Lisa ne lui avait jamais connue.

Jean-Baptiste avait dû lui faire la morale, en lui expliquant que l'absence d'enfant devait être frustrante face à un couple qui, comme lui et Amélia, réussissait tout… Lisa le voyait faire avec son air d'homme responsable et pédagogue, qui explique le bien-fondé des choses à son épouse un peu… Je vous laisse choisir le mot !

Amélia avait pris pitié, et avait pardonné, dans sa grande bonté, à Lisa, sans même avoir vraiment compris ce qu'elle lui pardonnait. Les gens idiots ont cet avantage, ils sont manipulables par les sentiments.

Accomplissant à son tour (du moins le pensait-elle) sa B.A. du mois, Amélia essaya de faire la conversation, attendant le sujet accrocheur qui lui permettrait de discourir pendant dix minutes pour exposer ses grandes idées, tout en feignant de converser avec Lisa, pour l'image, tout de même.

— Et comment ça va le travail, Lisa ?

— Euh… Bien, merci.

— C'est bientôt les vacances, non ?

— Pas avant trois semaines. Et en même temps, ce n'est plus mon emploi principal. Je fais de la traduction maintenant.

— Ah bon ? Où ça ?

— Chez moi. C'est du télétravail. Je traduis des guides touristiques.

— Waouh ! C'est vrai ? Ça doit être vachement intéressant.

— Oui, c'est sympa. Je découvre des tas de choses historiques et culturelles, et…

Aux deux derniers mots, Amélia sut que cette conversation ne l'intéresserait pas. Elle tenta d'enchaîner, alors que Lisa était au milieu d'une phrase.

— Et Adèle, ça va ?

— Euh… Oui. Enfin, non. Elle a mal au dos. Mais à part ça, ça va.

Là, elle pouvait enchaîner.

— Oh là là ! La pauvre ! Ça peut être parfois tellement douloureux ! À son âge ! La période des « T'as mal où ? » commence ! Ça va devenir la parole préférée de son mari… Oups, de sa femme (pardon, mais ça me fait toujours bizarre)… le matin quand elle va se lever ! Si j'ai un conseil à lui donner, c'est qu'il faut qu'elle réagisse ! Sinon il sera trop tard ! Tu sais, la belle-sœur de mon frère, elle a eu d'abord mal au dos un peu, puis beaucoup… Elle a dû aller voir plusieurs spécialistes parce qu'ils ont soupçonné une scoliose, puis une polyarthrite rhumatoïde ! C'est pas rien ! C'est à cause de ça qu'Édith Piaf est morte, quand même !

— Ah bon ? Elle n'est pas morte d'amour ? dit Lisa sur un ton ironique.

— Ben non, je crois pas… Ou alors c'est ce qu'ils ont dit dans *Closer*, à l'époque. Ces feuilles de navet, ils nous feraient croire n'importe quoi ! D'ailleurs, t'as vu, cette semaine, en couverture, y'a Beyoncé avec Jay-Z ! C'est fou, quand même cette histoire ! T'as pas vu ? Non ? Ben tu dois être l'une des seules à pas savoir ça. Alors, en fait, Beyoncé…

Lisa avait arrêté de l'écouter. Elle ne savait pas si elle avait envie d'éclater d'un rire nerveux, ou de s'apitoyer devant autant de bêtises. Peut-être les deux. Mais dans l'autre sens.

Heureusement, Jean-Baptiste et Simon étaient revenus dans le salon plus vite que d'habitude. Lisa avait briefé son mari dans la voiture : elle acceptait de venir, s'il ne la laissait pas entre les serres de cet aigle. C'est Jean-Baptiste qui enchaîna, ce qui permit de changer de sujet, au grand soulagement de Lisa.

— Au fait, Lisa, tu sais quoi ? Ma sœur se marie ! Elle nous l'a annoncé ce week-end !

— C'est vrai ? Super ! Je suis heureuse pour elle ! Tu es témoin ?

Jean-Baptiste n'eut pas le temps de répondre… Amélia ouvrait déjà la bouche.

— Pff…, même pas ! Elle a choisi sa sœur et sa meilleure amie ! Merci la reconnaissance pour son frère ! En même temps, ce sera un costume de moins à acheter ! Il pourra remettre celui qu'il portait à votre mariage ! C'est toujours une économie de faite ! Par contre, Matthéo est garçon d'honneur, donc on devra encore une fois se ruiner pour lui acheter une tenue digne de ce nom… Tout ça pour une journée ! En même temps, je ne sais pas comment va faire la sœur de JB pour ressembler à quelque chose…

— Amélia !

— Ben non, mais c'est vrai ! Elle a intérêt à se mettre au régime dès maintenant… parce que ça va pas être simple !

Lisa voyait se déverser cette hostilité, agrémentée très certainement d'une pointe de jalousie, sans avoir vraiment l'envie de réagir. Elle tenta tout de même de meubler, afin de canaliser le flot d'idioties qu'Amélia était capable de sortir à la minute.

— Toutes les mariées sont belles !

Amélia la fixa, étonnée.

— Ah, non ! C'est faux ! Certaines mariées sont moches, malgré de nombreux efforts pourtant ! Si elles sont nées laides, elles ne vont pas devenir magnifiques parce qu'on leur met une belle robe ! C'est pas la marraine de Cendrillon qui débarque pour la transformer !

— Mais l'ensemble est toujours très travaillé…

— Travaillée ou pas, elle sera moche. Même si elle dépense énormément de fric… enfin, que les parents de JB dépensent du fric… Je dis ça, je dis rien, mais c'est tout ce qu'on ne touchera pas en héritage. Je ne critique pas, je constate. Enfin, ils font ce qu'ils veulent. Et puis, c'est vrai qu'elle peut avoir un espoir. Même toi tu étais une mariée magnifique !

— Ça me donne l'espoir qu'un jour, tu deviennes une personne sympathique…

Là encore, c'était sorti tout seul. Simon regarda Lisa et continua avant qu'Amélia n'ait eu le temps de comprendre.

— Elle se marie avec ce garçon que nous avons rencontré à ton anniversaire ?

— Oui, oui… Youssef.

Amélia ne rata pas cette nouvelle occasion de critiquer.

— C'est surtout ça qui est ennuyeux… Youssef ! Elle n'aurait pas pu prendre un Français ! Y'en a quand même suffisamment ! Mais non, faut qu'elle prenne un Arabe. Je suis sûre que c'est juste pour emmerder ses parents ! De là à ce qu'elle porte la burqa dans quelques années, on n'est pas loin ! Si ça tombe, c'est un poseur de bombes…

Jean-Baptiste intervint tellement doucement que Lisa eut du mal à comprendre ce qu'il voulait dire.

— Amélia, tu sais qu'il n'est pas comme ça…

— Comme ça comment ? Un Arabe reste un Arabe ! Ils viennent dans notre pays juste pour profiter des allocs et vivre sur le dos des gens qui bossent ! T'as déjà vu un Arabe honnête, toi ? Non, mais tu crois quoi ? Il va lui faire un gosse très vite, comme ça, il est sûr de pouvoir rester en France !

— Mais enfin, Amélia, il est français !

— Ouais, c'est ça… Et il s'appelle Youssef ! C'est pas écrit « coconne » sur mon front (Lisa se dit pourtant que cela serait tellement approprié !). Non, comme m'a toujours dit mon père, un bon Arabe est un Arabe mort. Déjà qu'ils mettent neuf mois pour sortir les poubelles…

Elle eut un petit rire.

Tout le monde la regardait, choqué.

— Ben quoi, vous avez pas compris ma blague ?

Simon fixa Lisa d'un air suppliant. Il ne fallait surtout pas qu'elle réagisse… Il tenta un « chut » mais…

Trop tard !

— Mais ce n'est pas possible ? Tu n'as que de l'air entre les deux oreilles ? Je te savais idiote, mais je ne pensais pas que cela allait jusqu'au racisme le plus basique !

— Ah, voilà, ça y est… Je dis juste tout haut ce que tout le monde pense tout bas !

— Tout le monde ? Non, juste toi. Pour sortir ce genre de conneries, on ne peut que s'appeler Amélia… Les Arabes prennent ton travail ? Mais lequel ? Tu es assise sur tes fesses à longueur de journée ! Ton plus grand trajet est d'aller de la cuisine au salon ! Et tu vis sur le compte de ton mari !

Balaie devant ta porte et après, peut-être, tu pourras avoir des opinions, aussi débiles soient-elles !

— Oh là là ! Ce que tu es soupe au lait ! De nouveau, madame refait sa petite crise, se sent supérieure parce qu'elle est thésée… Mais qu'est-ce qu'il y a ? T'es réglée à chaque fois que tu viens ici ou quoi ? T'as une dent contre moi ?

— Tu m'insupportes ! Tes remarques désobligeantes (ça va ? Tu comprends ce mot ?), ton air innocent alors que la seule chose que tu n'aies jamais faite, dans ta vie, c'est réfléchir ! Tu es affligeante… Tes discours sont affligeants… Ta vie est affligeante ! Tu insultes les Arabes, les migrants, les riches, les pauvres, les flics ! Tu fais partie de ces gens qui les vénèrent quand ils interviennent sur des attentats, pour mieux les traiter trois mois après en disant qu'ils maltraitent les civils qui exercent leur droit de grève ! Tu réfléchis comme le Français moyen, basique, qui ne fait que répéter ce qu'il voit dans les médias. Sans compter que tu y mets la forme : chez toi, la réforme de l'orthographe a été totalement intégrée, avant même qu'elle ne soit adoptée, et ce, même à l'oral ! Tu es affligeante.

Elle se tourna vers Jean-Baptiste.

— Mais enfin, qu'est-ce que tu lui trouves ? Tu es quelqu'un de bien ! Tu es beau, intelligent, tu as tout pour toi ! Qu'est-ce que tu fous avec une conne pareille ? Tu te gâches en perdant ton temps avec elle… J'espère qu'elle est bonne au lit, sans quoi, je ne vois vraiment pas l'intérêt !

Puis, prenant son manteau, elle se tourna une dernière fois vers Amélia.

— Tu vois, moi aussi je dis tout haut ce que tout le monde pense tout bas !

Et elle avait claqué la porte. Pour la seconde fois en moins d'un an. Elle savait que, cette fois, ce serait la dernière.

61

— Là, tu as abusé. Vraiment ! Comment as-tu osé ? Tu n'arrêteras donc jamais de la critiquer ?

— Mais, enfin, Simon ! Déjà, je ne la critique pas, je souligne ses défauts. Et puis… tu te rends compte des propos qu'elle tenait ? Et toi qui me dis « chut » !

— Tu peux être contente, je ne t'ai pas dit « ta gueule » ! Merde, Lisa, cette fille pense juste comme la plupart des gens de ce pays…

— Ce n'est pas parce que l'on est entouré de cons qu'on doit le devenir ! C'est même très décevant que tu n'aies pas toi-même réagi !

— Moi ? Mais enfin, ça ne va pas, en plus, me retomber dessus ? Tu sais bien qu'Amélia, il faut la laisser parler ! Je ne fais pas forcément attention à ce qu'elle dit !

— Eh bien, moi, j'y ferai plus du tout attention car tu iras tout seul dans tes soirées beuverie. Je ne veux plus voir sa tête, je ne veux plus voir tes potes… C'est bon ! Douze ans que je donne et que je la ferme. À un moment, ça va bien !

Ils n'avaient plus échangé un mot jusqu'à la maison.

Une fois arrivée, Lisa était montée dans la salle de bains, puis s'était mise au lit avec un livre.

Mais son énervement ne redescendait pas. Elle repensait aux propos d'Amélia, et se demandait comment on pouvait réfléchir de cette façon, alors qu'il y avait tant de raisons plus importantes de s'offusquer. Par exemple, les tous pouvoirs donnés à Monsanto, la famine qui touchait encore tant de pays, le réchauffement climatique... De vrais combats qui dépassaient le petit bien-être de chacun pour se tourner vers l'autre, si tant est que celui-ci ne fasse pas peur... Une telle pauvreté intellectuelle, qui n'avait pour centre d'intérêt que sa petite personne, semblait quelque chose d'inconcevable à Lisa. Et, surtout, de tellement triste.

Elle repensait également aux propos de Simon et à ceux de Nanette, ce fameux dimanche. Il ignorait totalement la vérité sur ses racines. Comment aurait-il réagi ?

Elle fulminait encore quand il se glissa contre elle. Elle fit semblant de lire. Sans dire un mot, il posa sa main sur sa cuisse, la balada lentement puis remonta progressivement, tout en la regardant droit dans les yeux... Il savait parfaitement comment donner du plaisir à sa femme, et adorait plus que tout la sentir se tordre, l'entendre émettre de petits cris d'abord très discrets, puis de plus en plus distincts. Il sentait qu'elle perdait pied progressivement, que ses défenses s'amenuisaient au fur et à mesure que ses doigts s'activaient. De sa main libre, il retira un à un les boutons de sa chemise de nuit, lui toucha les seins… et dans un geste brusque, fit tomber son caleçon et la pénétra jusqu'à ce qu'elle hurle son prénom de plus en plus fort. Alors il sentit lui aussi quelque chose monter, il ferma les yeux et, dans un râle long et langoureux, laissa s'échapper le précieux liquide tout en se disant que sa femme pouvait être réac, mais qu'elle était tellement bonne !

62

Cette fois, elle avait été trop loin. Sans le vouloir.

Elle le savait, et n'avait rien pu faire contre.

Elle ne l'avait pourtant pas vu depuis des mois! Elle avait presque réussi. Les textos s'étaient considérablement espacés. Elle commençait à en voir le bout.

Puis il était réapparu comme ça. Sans prévenir. Alors que Simon était en train de s'enfoncer doucement en elle. Qu'elle prenait du plaisir. Qu'elle sentait ses mains.

Elle avait fermé les yeux et elle avait vu son visage. Elle avait tenté de l'effacer, mais le plaisir se décuplait en fonction des traits qui se dessinaient. Elle avait crié à plusieurs reprises le prénom de Simon, comme pour remettre les choses en ordre dans son esprit. Mais cela n'avait pas vraiment fonctionné.

Elle était abasourdie.

Il y avait un problème, non? Un vrai, cette fois.

Il fallait que ça s'arrête. Maintenant.

Il fallait qu'elle le voie. Maintenant.

Simon repartait pour deux jours à Poitiers, au siège de l'entreprise, pour régler différents papiers.

Elle envoya un message à Ibrahim lui demandant de la rejoindre le soir même.

63

Assis à la terrasse du Pas Sage, il la regardait, perplexe.

Elle venait de tout verbaliser. Toute cette histoire qu'ils gardaient pour eux. Au fond d'eux. C'était leur jardin secret, leur truc à eux, qui leur appartenait. L'une des dernières choses qu'il conservait égoïstement au fond de lui. C'était à lui. Pour lui. Et pour une fois, par lui.

Lisa avait tout gâché. Dire, c'est faire exister. Et il ne désirait pas donner une existence à cela, il voulait continuer de la rêver.

Il fallait prendre une décision. Rapidement.

— En gros, Lisa, tu es en train de me dire que tu penses à moi trop souvent à ton goût, que mes textos et ma présence te font un bien fou, que tu as l'impression de vivre à travers moi… Mais que tu veux que tout s'arrête ?

— Oui.

— Sinon tu n'auras jamais de bébé, car la seule condition pour que tu en aies un, c'est de rester mariée avec Simon ?

Elle le regarda, se recroquevilla.

— Ce n'est pas exactement ça. En fait, tu vois…

— Non, Lisa, je ne vois rien du tout. C'est à moi de parler. Je t'aime beaucoup… Peut-être même que je t'aime tout court. Mais je ne vais pas me risquer à ça. Tu es avec Simon, tu es heureuse avec lui, tu…

— Mais tu es venu foutre la merde dans tout ça !

— Moi ? Je n'ai rien fait… si ce n'est m'accrocher à toi. Je ne vais pas te mentir, je… Ah ! Puis… Écoute, tu es avec Simon, c'est ta seule chance d'avoir ce que tu souhaites le plus au monde. N'enfreins rien pour moi. Je ne sais pas ce que tu attendais, ni quelle réaction tu espérais en me demandant de venir. Mais quoi qu'il arrive, je ne vais rien foutre en l'air. Je n'en ai pas le droit. Ni l'envie.

Il s'était levé.

— Je te laisse. À bientôt. On… se contacte ?

Il avait quitté la terrasse, comme ça. Avait longé le parc, en regardant sans cesse à droite, à gauche. Mais en ne se retournant pas.

Elle l'avait regardé, puis s'était effondrée.

Ne pas se retourner. Ne pas la regarder. Avancer. Une dernière fois. Une seule.

Il avait fini par se retourner. Sa dernière vision fut la tête de Lisa sur son bras. Les larmes provoquaient des soubresauts.

Comment pouvait-il faire ça ? Pourquoi faisait-il cela ?

Et que lui était-il donné de faire? Lui dire la vérité ? Qu'il était tombé fou amoureux d'elle, qu'il attendait chaque jour ses messages, comme une respiration. Même s'ils étaient plus espacés. Qu'elle était soudain devenue son principal centre d'intérêt depuis des mois… Il allait sur Facebook cinq fois par jour, sur LinkedIn idem. Juste pour voir sa photo. Elle souriait dessus. Elle avait les cheveux en arrière, ses longues boucles d'oreilles en strass, sa tunique bleu foncé qu'elle avait achetée en Espagne. Il connaissait cette image par cœur. Parfois, il l'animait, dans ses moments d'égarement.

Lui gâcher la vie ? Parce que c'est ce qui se produirait s'il tentait quoi que ce soit. S'il cédait une seule fois à la tentation de la serrer contre lui, de la sentir, de…

Qu'est-ce qu'une princesse pourrait vouloir d'un valet au chômage ? Alors qu'elle avait le confort d'un château, un homme qui l'aimait, des projets.

Soyons réalistes.

Maintenant, il fallait l'oublier. Elle ferait de même, avec le temps.

Le pire était à venir.

64

Depuis onze jours, pas un texto. Pas même un e-mail. Aucun signe.

C'était pourtant la seule solution. Mais devant cette béance, elle se sentait démunie. Vidée. Les choses ne pouvaient pas se passer comme ça. Leur fin ne pouvait pas être celle-là.

Il était sorti de sa vie comme il y était entré, furtivement. Mais tellement douloureusement.

Elle attendait, avec impatience, d'être dans le métro, pour penser à lui. Se poser quelques minutes avec elle-même et le revoir, l'imaginer, le regarder. Comme si elle courait après son rêve, sans pouvoir l'attraper, juste le contempler. À très grande distance. C'était comme un trésor caché, un truc qui n'était qu'à elle, préservé de toute existence humaine. Une sorte de terre inconnue à laquelle elle seule pouvait accéder.

Elle crevait d'envie de le contacter, de façon assumée ou par une fausse inadvertance. Elle avait écrit dans son esprit une dizaine de messages différents, espérait en recevoir. Comme ça, tout à coup. Voir le nom « Ibra » s'inscrire sur l'écran, éclairé pour l'occasion…

Et esquisser ce petit sourire. Se laisser une ou deux secondes avant de lire, juste pour prendre le temps de se dire : « Il a pensé à moi. »

Et lire les quelques mots (ou voir les émoticônes !) et peut-être avoir le petit cœur qui bat, le petit frisson et… se sentir tout à coup extraordinaire. Aimée sans que cela soit avoué. Comme si c'était à elle de tirer la conclusion, ou de comprendre les sous-entendus.

Elle savait qu'un contact, un seul, pouvait effacer tous les efforts faits pour cultiver une indifférence de façade.

En même temps, elle était en colère. Elle pensait que c'était contre lui.

Elle arrivait à transformer certains de ses propos, et même à lui faire des reproches. Il n'avait pas été correct à son égard ! Il n'avait pas eu de considération ! En fait, il se fichait totalement d'elle, il venait de le prouver !

En réalité, c'était contre cette situation, et peut-être même contre la vie, qu'elle était en colère. Mais, comme toujours, il fallait un coupable, et il était tout trouvé.

Elle souffrait, mais d'une façon étrange. Intérieure. Une sorte de chagrin d'amour interdit.

La résignation est parfois tellement gênante.

Perdue dans ses pensées, elle regarda autour d'elle. Se tortillant sur sa chaise, elle commença à observer ses collègues, tous présents pour l'assemblée générale du laboratoire « littérature et sciences horizontales » de l'université à laquelle elle était rattachée. Elle ne vit que des masques. Toujours les mêmes qui prenaient la parole parce qu'ils étaient les seuls à oser, et les seuls motivés à le faire. Et peut-être même les seuls qui se sentaient légitimes. Parce que, eux, ils étaient maîtres de conférences, ou professeurs des universités. Elle, elle n'était qu'enseignante-chercheuse. Toute la différence était là. Dans un titre. Elle avait les mêmes compétences, et faisait exactement le même travail. Mais avec plus d'heures et moins de salaire.

À ce moment précis, elle comprit, plus que d'habitude, qu'elle n'était pas à sa place. Que Simon n'avait peut-être pas totalement tort. Qu'elle n'était pas de cet univers. Elle eut soudain l'impression d'étouffer. Il était temps de mettre en application ce qu'elle voyait arriver depuis des mois.

Elle se leva pendant que le directeur du laboratoire énonçait les restrictions budgétaires draconiennes, et claqua la porte en sortant.

65

Adèle commençait à s'inquiéter. Elle n'avait pas eu de nouvelles de Lisa depuis plus de trois jours. Pas même une réponse à ses textos. Elle était passée devant sa maison. Tout était fermé, rien ne semblait bouger. Snoups était dehors. Sa gamelle était à moitié pleine. Mais où pouvait-elle être ?

— Mais enfin, on ne part pas comme ça sans prévenir ! Elle devient complètement dingue ! Qu'est-ce qui lui prend ?

Adèle, entre soulagement et colère, hurlait devant Tania, qui la regardait éberluée.

— Oh ! Calme-toi ! Je n'y suis pour rien moi !

— Mais qu'est-ce qu'elle disait sur son message, exactement ?

— Je te l'ai dit quinze fois ! Simon a dû repartir directement de Poitiers pour Hangzhou car une poutre s'est décrochée. Elle n'avait pas cours avant lundi, donc elle est partie faire une virée en Normandie, au

Nez de Jobourg exactement. Elle disait qu'elle avait juste besoin d'être seule et d'écrire.

— Y'a un truc qui cloche. Vraiment. Ce n'est pas normal tout ça.

— Pas normal de vouloir s'isoler ? De vouloir prendre du recul ? Mais Adèle, enfin ! Bien sûr que si ! Son mec a failli mourir il y a quelques semaines, elle l'a à peine vu et il repart déjà ! Elle a sûrement eu envie de quitter elle aussi son quotidien, de changer d'environnement…

— Mouais…

— Allez, ne te prends pas la tête. Elle a dit qu'elle t'appellerait dès son retour !

Tania s'approcha d'Adèle et lui passa la main dans le dos.

— En attendant, on peut peut-être s'occuper de différentes manières…

Adèle lui sourit et déboutonna son pantalon.

66

Lisa avait pris une chambre à quelques centaines de mètres des côtes. Elle adorait cet endroit, qui lui donnait l'impression d'être au bout du monde. Ou, au moins, très loin de Paris. Elle marchait, écrivait un peu, lisait beaucoup. Elle était passée à la Fnac avant de prendre la route, et s'était armée d'une pléthore d'ouvrages qui lui promettaient, rien qu'aux titres, de retrouver bien-être, sérénité et amour de soi : *Le bonheur, c'est ici et maintenant* ou *Cessez d'être parfaite, soyez vous-même !*, et le best-seller de ces derniers mois, *Comment j'ai compris que je passais à côté de ma vie*. Elle avait ainsi appris qu'elle devait s'adonner au yoga au moins une demi-heure par jour, qu'elle devait utiliser des huiles essentielles et, surtout, qu'elle devait prendre du temps pour elle. Justement, elle n'avait que ça ! Enfin, en dernier lieu, elle avait retenu qu'en cas de désespoir total, Dieu pouvait lui être d'un certain secours. Mais aucun manuel n'expliquait où le trouver, ni où le chercher d'ailleurs.

Si ces quelques jours ne lui permirent pas de faire le vide, ils lui donnèrent le courage d'écrire un e-mail à un des plus éminents auteurs du moment : Mme Michard. Elle n'avait jamais osé le faire de peur de déranger ou de passer pour une opportuniste. Mais qu'avait-elle à perdre ? Elle devait trouver des réponses à certaines de ses questions. Il fallait qu'elle sache comment Mme Michard s'y prenait pour écrire, comment elle avait réussi à publier des ouvrages autant lus… bref, quelle était la recette de grand-mère que tous les écrivains conservaient sans jamais en parler.

Quand elle chercha l'adresse sur le blog de l'intéressée, elle apprit que Mme Michard était justement l'après-midi même au Salon du livre de Lisieux, qui ne se trouvait pas si loin. Lisa n'hésita pas longtemps, et se connecta sur Mappy pour enregistrer l'itinéraire.

Elle avait imaginé cent fois cette rencontre, réfléchi aux premières phrases qu'elle pourrait lui dire, aux mots percutants qu'elle pourrait utiliser pour impressionner cette grande dame…

Sa non-histoire avec Mme Michard avait commencé alors qu'elle n'avait que dix-huit ans. Elle avait emporté ce livre en vacances avec l'espoir de lire quelques chapitres entre deux longues baignades. L'absence de piscine (cette semaine-là, en nettoyage) avait sûrement aidé au fait que deux jours lui furent suffisants pour dévorer le pavé de 450 pages. Elle persuada ses parents de lui prêter la voiture (elle n'avait le permis que depuis deux mois et n'avait conduit que cinq fois à cause de la grande confiance que lui accordait son père). Elle s'était précipitée dans la petite ville la plus proche (à vingt-cinq kilomètres tout de même), et s'était pliée en quatre pour trouver le deuxième roman de cette écrivain qu'elle venait de découvrir. Une entreprise quelque peu compliquée quand on est au fin fond de la Creuse. Surtout en plein mois d'août. Mais à vaincre sans péril, on triomphe sans gloire ! Et elle était revenue le soir à la caravane, avec le fameux sésame. *Paradis engloutis* lui avait donné la même impression que *Mes sept vies* : une écriture envoûtante, accrocheuse et acerbe. Exactement ce qu'elle voudrait écrire un jour. Ces lectures furent sa plus belle rencontre de vacances cette année-là. Sa seule, aussi.

Mais treize années après, ce fut une Lisa tétanisée qui se retrouva devant la romancière tant idéalisée. Elle bredouilla quelques mots, puis s'en alla très rapidement, déçue et honteuse de son absence de témérité.

Le manque de courage ne paye pas souvent. L'audace si, heureusement.

Le soir même, derrière son écran, son courage était justement revenu au galop, comme c'est le cas pour beaucoup de monde. Elle raconta sa passion pour la lecture, expliqua son admiration pour cette écriture, et finit en posant des questions sur les techniques de création.

Mme Michard répondit dès le lendemain par un message aussi court qu'enthousiasmant : « Ce serait trop long à expliquer. Rencontrons-nous ce soir vers 17 heures au café Umberto, porte Maillot ! Merci pour votre message. Cordialement. »

Pas de fioriture. Rien que de la clarté.

Heureusement, Lisa avait envisagé de rentrer à Chantilly ce jour-là. En prenant la route maintenant, elle aurait même le temps de se jeter sous la douche, et de passer faire une caresse à Snoups. Elle fit sa valise et prit soin de laisser les livres achetés avant l'escapade, ceux qui lui promettaient de trouver un intense bonheur en ne cherchant qu'en elle-même, sur le lit (un petit coup de pouce au prochain client !).

Lisa arriva juste à l'heure. Mme Michard était déjà attablée. Elle avait bien l'intention de percer ses secrets de création et, par la même occasion, de lui demander peut-être de la conseiller pour la publication de son livre. Certes, il n'était pas encore écrit, mais prendre de l'avance ne pouvait pas faire de mal…

Inspiration. Expiration. Grande, très grande inspiration. Quelques pas, puis…

— Madame Michard ?

De grandes lunettes noires la scrutèrent de la tête aux pieds.

— Oui ?

— Bonjour, je suis Lisa.

— Bien sûr, qui d'autre ?

Lisa s'assit. Était-elle face à quelqu'un qui avait un humour spécial, ou qui était juste antipathique ?

— Je vous préviens, je n'ai que trente minutes. Je dois aller rechercher ma voiture au garage. De quoi vouliez-vous me parler ? De moi, je suppose ?

OK, c'était visiblement la deuxième solution. Lisa s'assit.

— Euh… oui. Enfin, plus précisément de votre technique de création.

— Technique ! Technique ! Tout de suite les grands mots ! Qu'est-ce que vous entendez par là ?

— Euh… de votre démarche. Je voudrais savoir comment vous créez, comment vous inventez, de quoi naissent vos personnages…

— Ah ! Vous me demandez de vous livrer mes secrets ? Mais pourquoi le ferais-je ?

Lisa la regarda avec de grands yeux. Comment une personne aussi désagréable pouvait-elle écrire des choses tellement parlantes ?

— Euh… je ne sais pas, à dire vrai. Je pensais que…

— Vous allez commencer toutes vos phrases par « euh… » ?

— Aussi longtemps que vous allez essayer de me déstabiliser, je le suppose.

Mme Michard esquissa (enfin !) ce qui pouvait ressembler à un sourire.

— Vous avez du répondant ! Cela me plaît ! Ma « technique », comme vous la nommez de façon un peu pompeuse. D'ailleurs, vous ne seriez pas universitaire pour parler ainsi ? Ne me répondez pas, nous en rediscuterons après si nous avons le temps… Donc pour revenir à la « technique », ça ne s'explique pas… C'est une question de concentration sur soi. Chacun de mes personnages n'en est en fait qu'un seul : Anna, Sophie et Pascal ne sont que des projections de moi-même… En même temps, peut-on créer à partir de rien ? Je ne crois pas… alors pourquoi ne pas m'inspirer de ce que je connais et de ce que j'admire le plus ?

À ce moment précis, Lisa se dit que cette femme s'entendrait tellement bien avec sa belle-mère ! Elle les voyait deviser l'une et l'autre… de l'une et de l'autre, dans une forme de compétition de narcissisme. Une vraie bataille d'humilité ! Un bonheur pour les oreilles !

— Voyez-vous, j'ai une vie fantastique, une famille extraordinaire et une chance incroyable. J'ai donc tout sous la main. Je vis tout, mais ne peux rien expliquer. Là est ma dure condition d'artiste. Ce n'est pas facile, vous savez… Ah, ben non, vous ne savez pas. Vous écrivez ? Je veux dire, des choses qui intéressent quelqu'un, pas des livres universitaires ?

— Oui, un peu.

— Alors vous devez savoir. Ou alors, vous n'écrivez pas bien, pas convenablement. Pas de la littérature au sens noble du terme en tout cas.

C'en était un peu trop.

— Donc vous revendiquez un statut littéraire à vos écrits ?

Mme Michard la fixa, étonnée.

— Bien évidemment ! Mais vous vous y connaissez ou pas du tout ? Quelle étrange question ! Mes œuvres sont des exemples de littérature !

— Ah…

— Elles vous plaisent ? Vous prenez plaisir à me lire ? Alors, c'est de la littérature !

— C'est une déduction un peu rapide… et très peu humble, je trouve.

— Humble ? Mais enfin, pourquoi l'être quand on vend, comme moi, des milliers de livres ? Je me fais un paquet d'argent avec ! Vous trouvez, vous trouvez… Mais quelle légitimité avez-vous ?

— Aucune. Je suis une lectrice lambda.

— Alors, justement. Quand on réfléchit mal, mieux vaut ne pas exprimer ses pensées !

— Mais… C'est juste que je trouve vos livres plus divertissants que littéraires, à dire vrai.

— Faux ! Mes livres sont une forme de littérature adaptée au niveau intellectuel des Français. Et ce dernier est parallèle à leur niveau d'éducation : il ne cesse de baisser. Je m'adapte, c'est tout. Mes livres peignent la réalité, comme ceux de Balzac ou Zola à l'époque !

— Tout est relatif, surtout quand on connaît un tant soit peu Balzac et Zola…

Lisa sentait que cette conversation prenait une mauvaise tournure. Elle était arrivée avec la conviction de rencontrer une personne sympathique et intègre, peut-être même quelqu'un qui aurait pu l'aider à comprendre sa propre envie d'écrire et de publier. Elle se retrouvait face à un être aussi puant qu'imbuvable. Elle ne pouvait jouer les fans invétérées : elle se devait de rester honnête, au moins avec elle-même.

— Où voulez-vous en venir, mademoiselle ? Pour qui vous prenez-vous exactement ?

— Je ne sais pas trop.

— Vous ne savez pas grand-chose, visiblement.

— La question est plutôt : pourquoi voulais-je venir ? Je crois que j'ai fait une erreur. Ou plutôt non : je me suis trompée. J'aurais préféré continuer à vous idéaliser.

Elle se leva, prit son manteau et, arrivée au milieu du café, se retourna :

— Vous êtes finalement beaucoup moins intéressante que vos livres.

Son honneur était sauf et ses chances de publication anéanties.

67

Le chemin du retour lui avait permis de réfléchir à ce qu'elle venait de faire. À ce qu'elle avait osé faire. Elle n'en revenait pas elle-même. N'aurait-elle pas dû écouter cette romancière et lui montrer une certaine déférence ? C'est ce que l'on faisait avec les gens célèbres, non ?

Elle se sentait trahie. Pas par elle-même, non, bien au contraire, mais par cette femme égocentrique et condescendante, qui ne lui devait pourtant rien. N'était-ce pas plutôt elle, Lisa, qui avait péché par narcissisme ? Elle était partie pleine d'espoir, et revenait… comme on revient à la réalité, finalement. Déçue et dépitée.

Un téléphone sonna. Elle pesta tout bas contre ces gens qui laissent vociférer leur téléphone alors qu'ils sont dans le bus, avant de comprendre, grâce aux regards interrogateurs des personnes qui l'entouraient, que les lancinantes sonneries provenaient de son sac. Elle attrapa le petit appareil et décrocha.

C'était Adèle, qui venait aux nouvelles. Lisa lui expliqua brièvement.

Adèle trouva, elle, la situation plutôt drôle, et y vit même un signe : Lisa n'avait pas besoin de cette « madame Michard » pour être publiée. Un éditeur quelque peu aguerri reconnaîtrait sans problème son talent. « Si toutefois il existe » pensa Lisa avant de raccrocher. C'est vrai ! Combien étaient-ils, dans ce pays, et même dans cette ville, à croire qu'ils en avaient, du talent ? Combien de personnes avaient écrit un roman qui n'avait jamais trouvé d'éditeur ? Mais, justement, là résidait peut-être le « secret de grand-mère » ! Comment n'y avait-elle pas pensé avant ? Elle rappela Adèle.

— Ma belle, je viens de comprendre…

— Ah ? À entendre ta voix, c'est quelque chose d'important.

— Je suis trop conne… Ou plutôt non… trop… Enfin, je ne sais pas le terme, mais… mon problème est que j'écris dans le seul but d'être publiée !

— Oui, et ?

— Mais le but d'un écrivain n'est pas d'être lu !

— Ah ?

— Mais non… Un écrivain écrit pour écrire ! Juste pour l'écriture ! Juste pour sentir les mots. Tu comprends ?

— Non.

— Ce n'est pas grave. Je te laisse, j'arrive à mon arrêt.

Là était tout son problème. Elle avait bien péché par narcissisme ! Ce qu'elle devait faire, c'était juste écrire. Sans penser à autre chose. Juste pour exhumer. Ou pour se faire plaisir. Mais, en tout cas, pour elle-même.

Elle s'attela à la tâche dès son retour. Une caresse à Snoups et hop ! Au boulot !

Elle commença à faire glisser les mots sur le papier. Sans intellectualiser, juste en noircissant des pages. Elle finissait à peine une phrase qu'une autre se profilait déjà. Et enfin, au bout de quelques dizaines de minutes, elle se sentit bien. Juste bien. Comme si elle se vidait progressivement. À son tour, elle déposait son sac.

Alors le monde aurait pu s'écrouler autour d'elle qu'elle n'y aurait pas prêté attention.

Ce n'était pourtant pas le monde qui allait s'écrouler à ce moment-là. Juste le sien.

Elle ne s'était pas aperçue tout de suite du bruit, pourtant aussi régulier que discret. Peut-être durait-il depuis dix minutes déjà. Un cliquetis, qui aurait pu devenir lancinant, bien que presque sourd. Et qui n'était pas le bruit de la solitude.

Elle l'entendit. Puis écouta.

Elle ne connaissait sur cette propriété qu'un seul robinet qui fuyait. Celui du récupérateur de pluie, qui se trouvait à droite du mur, à l'arrière de la maison. Justement à l'extérieur du bureau dans lequel elle s'acharnait sur un carnet depuis…

combien de temps, au juste ? Plusieurs heures, c'était sûr.

Elle se leva et regarda par la porte-fenêtre.

Quelque chose avait bougé. Elle avait vu une silhouette.

Elle resta figée. En était-elle vraiment sûre ?

Elle appela Snoups, qu'elle eut du mal à déloger du canapé.

Elle pressa la poignée, la sentit céder, et tira vers elle, doucement, l'immense baie vitrée. Snoups se faufila, courut, se précipita… Puis elle le vit faire de petits bonds de joie.

Elle alluma la lumière, et crut défaillir.

Seule la baie vitrée les séparait.

Ibrahim se tenait en face d'elle.

68

Dans la cuisine, elle prépara un thé, pendant qu'il s'asseyait.

— Je suis désolé. Vraiment désolé. Je ne vais pas te faire le coup du « je peux tout t'expliquer », parce que ce serait vraiment trop compliqué...

— ...

Elle était entre la joie, la surprise et la colère. Elle laissait ces trois émotions se disputer son cerveau, tout en essayant de trouver les mots adéquats.

— Tu ne peux pas passer par la porte d'entrée quand tu viens ? Et tu ne peux pas venir le jour ? Tu m'as fait une peur bleue, qu'est-ce que tu faisais là ?

Il mit un temps avant de répondre.

— Une peur bleue... C'est vraiment une drôle d'expression, dit-il en relevant la tête et en cherchant les yeux de Lisa.

Il les trouva enfin, et ajouta :

— Je suis dans la panade et j'ai peur, Lisa.

Elle comprit quelques minutes plus tard.

Ibrahim avait un esprit de famille très développé, et, surtout, il aimait ses parents au point de leur éviter toutes difficultés. Depuis quelques mois, il avait ressenti sa présence dans le foyer comme un poids : à son âge, il n'avait pas de travail fixe, pas de logement à lui, pas même de petite amie. On ne lui faisait aucune remarque, aucun reproche, mais il se les faisait à lui-même. Il avait voulu donner le change et sauver les apparences.

Il s'était fait embaucher chez Mc Do, où il apprenait le non-sens des valeurs et la rapidité. Un ami qui était parti tenter sa chance aux États-Unis lui louait un minuscule appartement à un prix modique. Il n'avait pas beaucoup de place mais il avait son honneur. Tout s'était compliqué quand l'ami en question était revenu en soutenant des propos étranges dans lesquels la volonté de Dieu tenait une place très particulière et le poussait à des agissements inappropriés. La cohabitation avait commencé à être laborieuse.

Ibrahim avait quitté l'appartement un soir, sans savoir où aller. Il était alors arrivé, sous couvert de hasard, chez Lisa. Il était venu frapper à sa porte, mais elle était absente. L'abri de jardin était entrouverte. Il s'y était réfugié, avec l'idée de l'attendre, mais s'était endormi. À son réveil, il avait trouvé l'endroit bien moins désagréable que la veille. Surtout, il était proche de l'univers de Lisa. Cela valait bien de dormir assis dans un cabanon !

— … Et tu es rentrée, aujourd'hui, pendant que j'étais au travail. Quand je suis revenu, il y avait de la lumière, et… Je n'ai plus osé. Je t'ai vue, à ton bureau. Et j'ai juste eu envie de te regarder. Le temps a passé. J'ai voulu me rafraîchir un peu les tempes et…

— Et Snoups ? Comment as-tu fait pour entrer malgré lui ?

— Quelques restes et beaucoup de caresses ! J'adore les chiens, et le tien est particulièrement sympa et puis… il commence à bien me connaître ! dit-il en se penchant pour poser sa main sur le berger allemand, étalé à ses pieds.

Elle l'interrogea du regard, ayant peur de comprendre.

— Ce n'est pas la première fois que tu viens ? La lumière ? Et *Belle du Seigneur*, c'était toi, pas vrai ?

Il baissa la tête.

— Je suis déjà venu deux fois. Toujours avec l'idée de t'attendre. Et de te parler. Je ne sais pas de quoi, mais de te parler. Ou peut-être juste de te voir. La deuxième fois, tu avais oublié de verrouiller la porte-fenêtre. Snoups aboyait. J'ai eu peur qu'il ameute le quartier. Je lui ai ouvert. J'ai vu *Belle du Seigneur* sur la table et… je n'ai pas pu m'empêcher.

Elle ne savait pas ce qui la troublait le plus : le fait qu'Ibrahim ait opté pour cette solution de dormir dans son abri de jardin, ou qu'il ait eu sous les yeux son exemplaire de *Belle du Seigneur*, avec les commentaires qu'elle ne cessait d'ajouter dans les marges. Des commentaires très personnels. Voire intimes.

Il fallait qu'elle quitte cette pièce, qu'elle s'enferme dans sa chambre et qu'elle s'éloigne de cette attirance, de cette envie de s'approcher de lui.

C'en était trop pour elle. Cette journée devenait insupportable.

— OK. J'ai des millions de questions… mais… j'ai besoin de… Bref. Me ferais-tu le plaisir de dormir sur ce canapé, cette nuit, plutôt que par terre dehors ? Je t'apporte une couverture.

Il n'avait pas eu le temps de répondre. Elle était déjà partie, puis revenue.

Elle lui avait lancé un « sers-toi si tu as besoin de quelque chose ! », agrémenté d'un « à demain ! », avant de disparaître.

Ce fut à son tour de rester figé durant quelques minutes.

Allongée dans son lit, les yeux ouverts, elle attendait le marchand de sable qui, évidemment, avait pris du retard sur sa tournée. Pourquoi était-il déjà venu ? Était-il aussi sincère qu'il le prétendait ? Et son coloc, peut-être aurait-il fallu le dénoncer ? Elle finit par s'assoupir, dans un demi-sommeil, et sortit de cette étrange somnolence alors que le soleil se levait.

Elle mit quelques minutes pour se souvenir et percuter, sans pour autant comprendre. Elle avait un sale goût dans la bouche. Et sûrement n'était-ce pas seulement la mauvaise haleine du matin qui était à mettre en cause.

Il était sur le canapé, les yeux grands ouverts, quand elle arriva doucement dans l'embrasure de la porte. Elle put, à son tour, l'observer un petit peu, avant que le regard d'Ibrahim ne se remplisse à nouveau, et qu'il tourne la tête vers elle. Elle lui sourit.

— Tu as bien dormi ?

— Je ne sais pas trop. Mais mieux que par terre en tout cas !

— Tu veux un café ?

— Pourquoi pas ?

— Tu veux déjeuner ?

— Je ne sais pas.

Elle s'activa dans la cuisine. Après quelques minutes, il ressentit le besoin de rompre le silence.

— Merci pour cette nuit.

— Je t'en prie. Tu n'as pas été un hôte très dérangeant.

Elle se retourna et parvint presque à le regarder dans les yeux.

— Ibra, qu'est-ce que tu vas faire ?

La première réponse fut un soupir.

— Je ne sais pas.

Elle le sentait gêné, et comme perdu… Elle aurait bien aimé être perdue avec lui.

— Et si tu commençais par une douche ?

Ils se regardèrent. La sonnerie du portable de Lisa vint rompre ce petit moment suspendu et, pour une fois, partagé.

Elle décrocha machinalement et entendit Adèle pleurer au téléphone.

Elle avait encore les yeux perdus dans ceux d'Ibrahim quand les larmes se mirent à couler. Le cauchemar recommençait.

69

La veille au soir, au moment même où Lisa commençait à écrire, Victor raccrochait son téléphone et regrettait aussitôt d'avoir accepté la proposition de ses collègues. D'autant plus qu'il ne savait pas s'il avait dit oui parce qu'il en avait envie, ou parce qu'il avait voulu donner une gentille réponse à leur perpétuelle compassion. On le percevait comme un type malheureux, qui a perdu beaucoup en peu de temps. Pour tous, il était celui qui s'était lancé à corps perdu dans le boulot, pour oublier que sa femme l'avait quitté ; celui dont on a un peu pitié, mais que l'on respecte. Les ragots à son sujet allaient bon train, et sa situation alimentait régulièrement les discussions au café. On l'imaginait consulter discrètement Tinder ou Meetic, sous un pseudo, sans jamais vraiment sauter le pas. Untel l'avait pourtant vu un soir, dans un bar, avec une très jolie jeune fille, au moins de dix ans sa cadette.

Victor avait laissé la rumeur se propager, espérant qu'elle endormirait pour quelque temps les regards charitables que l'on adressait à ce bel homme de trente-cinq ans, divorcé, courageux, élégant, etc. La jeune fille en question, particulièrement jolie, était sa cousine, montée pour visiter la capitale tout en espérant profiter des soirées parisiennes aux côtés des amis de son cousin.

Mais il n'avait pas d'ami.

Il annonça à sa mère, affairée dans la cuisine, qu'il sortait. Il eut pour toute réponse une moue qui signifiait: « Je ne peux pas t'en empêcher, mais fais attention à toi. »

À cet instant précis, Mme Lariesse fut autant dépitée (elle avait préparé bien trop de poivrons farcis pour ce soir !) que rassurée : son fils n'était sorti que très peu depuis son divorce. Environ tous les six mois, et uniquement lorsque l'occasion se présentait : l'assemblée générale des coureurs de l'Oise, le départ en retraite d'un collègue, ou la venue de sa cousine très insistante. Au fond d'elle, elle était peinée de le voir si peu entouré, presque démuni de toute vie sociale. Mais le plus souvent, sa satisfaction personnelle reprenait le dessus : son « petit gamin » lui était entièrement revenu, et elle était à présent, une nouvelle fois, la seule femme de sa vie (certes, avec Cloé et Emma, mais ce n'était pas comparable selon elle). Elle pouvait de nouveau s'occuper de son linge, remettre en ordre sa chambre, lui préparer ce fabuleux gratin savoyard dont il raffolait.

Elle était redevenue mère à soixante-cinq ans. Et comme elle ne l'avait été qu'une seule fois… Elle pouvait maintenant vivre près de Victor, selon Victor et pour Victor.

Il redescendit, douché et rasé, tellement viril dans cette belle chemise bleue qu'elle lui avait achetée la semaine précédente. Il était beau, son fils. Triste, mais beau.

— Et tu vas où, au fait ?

— Voir un concert.

— C'est bien, ça ! C'est quel artiste ?

— C'est un groupe. Mage… Mega… Euh, je ne sais même plus.

— Encore un nom imprononçable ! Ce n'est vraiment plus la même génération.

Victor montra des signes d'impatience. Il était déjà en retard et il attendait pour embrasser sa mère sur le front, comme d'habitude.

— Oui, enfin, bref… C'est au Bataclan.

— Amuse-toi bien, mon chéri.

70

Ce matin-là, Adèle avait, selon ses réflexes habituels, appuyé sur le bouton de la cafetière, allumé la radio, puis son portable. Elle se dit qu'elle avait particulièrement bien dormi, et que se coucher vers 22 heures avec un bon livre était un plaisir qu'elle devrait s'accorder plus souvent. Elle s'apprêtait à prendre une tasse lorsqu'elle entendit des mots qui la glacèrent, et dont elle se souviendrait longtemps: « Édition spéciale entièrement consacrée aux attentats d'hier soir. Nous vous rappelons le bilan provisoire, qui est actuellement de 87 morts. Les forces de police sont toujours sur place, et la France se réveille ce matin sous le choc… »

La sonnerie de son téléphone vint couvrir la voix catastrophée du journaliste. Adèle jeta un œil, bien décidée à ne pas répondre. Mme Lariesse.

Était-ce à ce moment-là qu'elle avait compris que quelque chose était arrivé ? Ou dans les secondes qui suivirent quand, ayant appuyé sur le téléphone vert, elle avait entendu : « Victor était au Bataclan hier soir… Il n'est pas rentré » ? Elle n'aurait pas su le dire. Elle se souvenait juste de cette horrible sensation, celle du monde qui s'écroule, celle du malheur qui s'abat sur nous et nous met à terre.

De façon presque mécanique, elle était remontée dans sa chambre, avait réveillé Tania en bredouillant les mots qui lui venaient, entre deux sanglots. Elle avait enfilé un jean, un pull et s'était engouffrée dans sa voiture.

Il fallait qu'elle le trouve. Il fallait qu'elle lui parle. Il fallait surtout qu'il soit vivant.

Elle l'appelait, encore et encore. Dix fois. Quinze fois. Toujours la messagerie.

Elle ne savait même pas exactement où elle allait. Elle avait pris la direction du Bataclan, mais sans y réfléchir.

Puis il y eut soudain quelqu'un au bout du fil. Adèle se gara en double file.

— Victor ! Oh, punaise ! Victor ! J'ai eu…

— Madame ?

Un long silence. Ce n'était pas la voix de Victor.

— Madame ? Madame ?

— Qui êtes-vous ?

— Madame, pardon, je suis le lieutenant Cordin.

— Pourquoi avez-vous ce téléphone ? Où est Victor ?

— Madame, je suis désolé. Êtes-vous l'épouse de monsieur… euh… ?

— La mère de ses enfants. Où est Victor ?

— Madame, il faudrait venir à l'adresse que je vais vous indiquer.

À peine avait-il énoncé l'adresse qu'elle avait raccroché, sans demander davantage d'explications.

Peut-être n'était-il que blessé ? Ou inconscient ? De toute façon, il ne pouvait pas être mort. C'était encore moins possible que concevable.

Une heure plus tard, pourtant, elle avait manqué défaillir quand, accompagnée d'un agent de police, elle avait vu un homme en blouse blanche relever doucement le drap qui recouvrait le visage de son ex-mari.

71

— Simon ?

— Que se passe-t-il, ma chérie ? Tu m'as appelé trois fois !

— Victor était au Bataclan hier soir…

— Euh… C'est très bien… Je suis très content pour lui, et j'espère qu'il a passé un bon moment, mais…

— Tu n'as pas regardé les infos ?

— Parce que tu crois que j'ai que ça à faire ? On a été embêté avec…

Il n'eut pas le temps de finir sa phrase.

— Simon, Victor est mort.

72

Adèle ne pleurait pas, mais elle ne parlait pas non plus. Elle répondait par onomatopées aux questions qu'on lui posait. Elle restait assise, les mains posées sur la table, les yeux dans le vide. Lisa s'était assise à côté d'elle et se taisait.

Au bout d'un long moment de silence, comme si la présence de sa meilleure amie l'incommodait, Adèle avait juste dit :

— Tania a emmené Cloé. Emma est dans sa chambre.

C'était la phrase la plus longue qu'elle avait formulée en deux heures.

Lisa était montée. Emma jouait avec ses poupées. Elle s'était assise sur le lit et l'avait regardée. Puis Emma s'était tournée vers elle.

— Pourquoi ils ont fait ça ?

— Parce qu'ils pensent que c'est la volonté de Dieu. De leur Dieu. C'est ce qu'on leur fait croire, du moins. On leur vide le cerveau et on leur fait avaler des mensonges, pour les manipuler et les pousser à accomplir des choses ignobles.

— Comment on leur vide le cerveau ?

— En leur montrant des images et en leur racontant des histoires.

— Comme quand la maîtresse nous lit des contes ?

— Non, parce que ce sont des histoires fausses qu'on leur raconte. Des mensonges.

— Quels mensonges ?

— Par exemple, qu'ils iront au Paradis.

— Au Paradis ? Alors qu'ils ont fait des choses mal ? Et ils pensent que c'est Dieu qui veut ça ?

— Ma chérie, ce n'est pas Dieu qui veut réellement ça. C'est celui qu'ils prennent pour Dieu, pour leur Dieu. C'est eux qui l'interprètent de cette manière.

— Mais enfin ! Leur Dieu ? Pourquoi « leur Dieu » ? Il n'y a qu'un Dieu qui existe, non ?!

— Oui, ma chérie, je pense. Il y a juste différentes façons de le concevoir, ou de l'imaginer.

— Mais un Dieu, c'est bon, normalement.

— Oui.

— Mais, du coup, c'est complètement idiot et pas logique de penser comme ils pensent. Ils confondent peut-être Dieu avec le Diable, ils savent pas. On leur a mal expliqué. Si ma maîtresse, Mme Karine, leur avait expliqué, ils auraient sûrement compris…

— …

— Donc papa est parti à cause de ces gens qui se trompent ?

— Ton père est parti car il se trouvait au mauvais endroit, au mauvais moment.

Emma déshabillait et rhabillait sa poupée très calmement, avec des gestes minutieux.

— Et pourquoi la police a rien fait ?

— La police se bat chaque jour pour arrêter les gens comme eux. Elle essaie, mais n'y arrive pas toujours.

— Mais si la police ne l'arrête pas, et qu'ils font ça souvent, c'est un peu… comme si c'était la guerre ? Comme dans les pays, tu sais, ceux que j'ai vus aux informations, avec les maisons détruites.

— Ma chérie, ta maison ne sera pas détruite. Nous sommes là.

— Et comment on les reconnaît les méchants ? Parce qu'ils sont arabes ?

— Non, ma puce. Loin de là. Tous les Arabes ne sont pas méchants ! C'est comme dans toutes les communautés, comme pour les Américains, les Européens ou les Chinois : il y a très peu de méchants pour beaucoup de gentils.

— Oui, mais ces méchants-là, ils viennent juste pour nous attaquer. Parce que c'est aussi eux qui avaient tué les journalistes la dernière fois, hein ? Ceux pour qui on avait dû rester une minute dans le silence, à l'école, tous en même temps.

— Oui, ma puce. Mais ne t'inquiète pas, personne ne viendra t'attaquer. Nous te protégerons. Il ne peut rien t'arriver.

Lisa n'était pas convaincue par les propos qu'elle tenait. Mais elle ne pouvait pas dire la vérité à Emma. Elle ne pouvait pas lui avouer qu'elle aussi était terrorisée, comme la plupart des gens. Qu'elle apprendrait sûrement à vivre avec cette peur, à tel point que celle-ci en serait peut-être banalisée. Comme les choses insupportables qui finissent par entrer dans une sorte de normalité parallèle : la famine qui sévissait sans que l'on ne bouge le petit doigt, les femmes battues, les rapts d'enfants, etc. Cela dégoûte tout le monde, mais n'étonne plus.

— Lisa ?

— Oui ?

— Mon papa, il ne reviendra plus jamais ?

— Non, ma chérie.

Emma s'était nichée dans le cou de Lisa et avait pleuré, doucement.

— Quand même, j'ai bien du mal à comprendre ce que cette histoire de « leur » Dieu a à voir avec mon papa.

73

Adèle but une gorgée de son café froid et s'aperçut que son geste avait été mécanique : c'était comme si son esprit et son corps n'étaient plus en lien depuis plusieurs heures. Le premier était totalement obsédé par des images et des questions. Toujours les mêmes. Victor avait-il eu le temps de comprendre ce qui arrivait ? Avait-il essayé de s'enfuir ? Ou de protéger d'autres personnes ?

Quelles avaient été ses dernières pensées ? Avait-il eu ne serait-ce que le temps d'en avoir ?

Elle se l'imaginait.

Il avait réussi à trouver une place dans une rue parallèle. Il était en train de verrouiller soigneusement sa voiture, comme à son habitude, quand son portable avait sonné.

— T'es où ?

— Je viens de me garer, je suis là dans cinq minutes.

— OK, on t'attend juste devant.

Il avait parcouru les quelques centaines de mètres d'un pas rapide, puis avait reconnu ses amis, et leur avait souri. Cyril lui avait tendu le ticket. Ils étaient entrés, s'étaient laissés palper par l'agent de sécurité, et s'étaient enfin introduits dans la salle tout en discutant. Quelques minutes après, le groupe était arrivé sur scène. Victor n'aimait pas vraiment ce style de musique mais se retrouver au milieu d'une foule enthousiaste lui avait fait du bien. Il regardait d'ailleurs davantage les spectateurs que les musiciens. Soudain, il avait vu une jeune fille s'avancer, passer près de lui, et poursuivre son chemin.

Il était sûr de la connaître. Ce visage, ces traits doux, cette silhouette longue et fine.

Il avait fait un signe à ses amis et s'était dirigé vers le bar, dans le sillage de cette connaissance mal reconnue.

Il n'était plus qu'à quelques mètres d'elle quand une sorte d'explosion avait retenti sur scène. Il s'était retourné, par réflexe, et avait regardé autour de lui.

Des bruits sourds. Et brefs. Comme des tirs qui s'enchaînent. La musique s'arrête. Les gens hurlent, courent, se bousculent. Certains tombent. Victor ne bouge pas. Ne sait pas ce qu'il doit faire. Il regarde, partout. Puis croise les yeux d'un homme qui porte un fusil. Il ressent une énorme douleur à la poitrine.

Ses jambes ne le portent plus. Il voit le visage de ses parents, celui de ses filles… et celui d'Adèle. Puis plus rien.

74

Lisa redescendit dans le salon. Adèle n'avait pas bougé. Elle passa ses bras autour de sa meilleure amie.

— Va te reposer, ma Ninou, je m'occupe d'Emma.

— Non, faut que je sois là. Que je réponde à ses questions.

— Comment veux-tu répondre à ses questions si tu n'as pas l'esprit clair, et un tant soit peu reposé ? Tu es épuisée. Dors, et tu verras demain. Je m'occupe du reste. Pour la puce, quelques tartines, et un chocolat chaud, on va regarder un dessin animé, elle s'endormira sur moi et je la monterai dans son lit. J'attendrai que Tania rentre.

Il n'y avait pas beaucoup de monde, ce soir-là, dans le bus.

L'un croisait parfois le regard de l'autre, pour y voir des yeux tristes et dépités. Personne ne se parlait, mais tout le monde se comprenait. La France entière se retrouvait dans une inertie verbale. Ne pas parler permettait de ne pas faire exister.

On avait tout à coup envie d'aider son prochain, de se rapprocher des gens, d'être solidaire. De croire que l'âme humaine peut être noble et belle, que la folie et la cruauté ne submergent pas tous les êtres.

Lisa se dit qu'en rentrant, elle n'allumerait pas la radio. Ni la télé. Elle ne pouvait plus voir ces images filmées par les portables de ceux qui avaient réussi à s'en sortir. Cette femme enceinte, pendue à trois mètres, et implorant de l'aide. Ces gens, paniqués, courant, hurlant. Ces moments qui passent en boucle, comme si chaque esprit devait les imprimer à jamais. Pendant une quinzaine de jours, il ne se passerait plus rien en France ou dans le monde. Les programmes ne porteraient plus que sur ça. Comme pour entretenir cette douleur que chacun se doit d'endurer. Une forme de tribut, en quelque sorte… Et certains payaient un tribut plus lourd que d'autres.

Lisa se promit de débrancher le téléviseur pour quelques temps, à défaut de pouvoir réellement se couper de tous les médias. Elle ne s'imposerait pas le visage dépité des journalistes qui répètent sans cesse les mêmes informations, parce qu'ils n'en ont pas d'autres ; les scènes d'horreur reconstituées par le logiciel dernier cri, qui effrayent l'imagination et torturent le cœur ; les témoignages des rescapés, en pleurs, qui s'en sont physiquement sortis mais qui sont mentalement détruits. Peut-être même ne rallumerait-elle jamais la télé. Elle craignait trop d'apprendre où ils taperaient la prochaine fois, jusqu'où ils iraient dans l'ignominie. Londres ? Barcelone ? Copenhague ? 14, 22, 97 morts ?

En parallèle, on continuerait de prôner qu'ils ne nous faisaient pas peur, perpétuant ainsi l'un des plus gros mensonges collectifs. Bien sûr que les gens seraient désormais tétanisés ! Et pour longtemps ! Même lorsque leur routine les emporterait de nouveau, même lorsque leurs petits problèmes quotidiens auraient occulté, pour un temps, la réalité. Comme pour les catastrophes naturelles, on attendrait de voir où cela tomberait la prochaine fois, en croisant les doigts pour que ce soit le plus loin possible. Et pour l'un, comme pour l'autre, on continuerait de penser ne pouvoir rien faire.

Eux, ils attendraient, sournoisement tapis dans l'ombre, et retaperaient. Plus fort. Parce qu'ils voulaient la mort d'un maximum de personnes. Des femmes, des enfants. Pour leur Dieu. Et pour les dizaines de vierges qui les attendaient au Paradis et qui satisferaient leurs instincts sexuels. En d'autres termes, pour le cerveau qui se trouvait entre leurs jambes, puisque celui situé entre leurs deux oreilles ne fonctionnait plus.

Heureusement, Simon allait prendre un avion prochainement. Il repasserait par le siège, pour signer quelques papiers et discuter avec son chef, puis reviendrait à Chantilly. Il y serait peut-être avant les obsèques.

75

Il avait téléphoné : il arriverait dans trois jours. Elle ne pouvait pas l'attendre, comme ça, sans rien faire. Elle se renseigna sur les horaires de train. Elle l'attendrait à la gare de Poitiers. Elle avait besoin de le serrer, et d'être serrée. De se dire que lui, il était encore là. Qu'il l'avait toujours été et le serait toujours. Quitter la maison, et les abords de Paris, lui permettrait de s'éloigner de l'horreur, et peut-être même de la réalité. Elle se réfugierait dans une bulle, et peut-être qu'elle parviendrait à se dire que rien n'était arrivé, que des hommes et des femmes n'étaient pas morts juste en allant voir un concert, un vendredi soir.

Elle prit le TGV à la gare Montparnasse et arriva à Poitiers alors que le soleil se couchait déjà. Le train de Simon devait arriver vers 23 h 15. Cela lui laissait donc trois bonnes heures. Elle s'assit dans le hall, et prit un livre pour se donner une contenance, mais n'en tourna jamais les pages. Elle voyait les mots, mais ne les lisait pas. Elle était juste perdue, comme si ses capacités de réflexion avaient été atrophiées.

Enfin, elle entendit la fameuse annonce. Le train de Simon arriverait quai 5.

Elle prit son sac à dos et avança doucement. C'est à ce moment qu'elle se dit qu'elle n'avait pas du tout pensé à la réaction de Simon et, pour la première fois, elle sourit : il serait aussi rassuré qu'elle de se retrouver devant l'être aimé.

Les freins firent un bruit assourdissant, qui cassa totalement le silence de la nuit. Enfin, le train s'arrêta, les portes s'ouvrirent lentement, et les premiers passagers commencèrent à descendre.

Devant elle, une jeune femme brune portant une petite fille d'environ trois ans commença à avancer tout en expliquant que « papa rentrait exceptionnellement ». Lisa eut un pincement au cœur, en se disant qu'elle aimerait tellement, mais tellement être à leur place.

Elle reconnut au loin le long manteau marron et la valise bleue. Perdu dans ses pensées, Simon ne prêtait pas attention à ce qui l'entourait. Lisa ne bougea pas, le laissant venir à elle.

Quand il releva la tête, son visage s'éclaira d'un immense sourire.

Mais ce n'était pas à elle qu'il s'adressait. Ses yeux n'allaient pas exactement dans sa direction.

La petite fille se mit à courir, échappant aux bras de sa maman, et se précipita dans les bras de Simon en criant « Papa ».

Lisa s'appuya sur le panneau publicitaire, à sa gauche, avant de se cacher derrière pour mieux observer la scène qui, pendant plusieurs mois, hanterait ses jours comme ses nuits. Simon venait d'embrasser la jeune femme, et le trio passa près d'elle sans la voir. Les derniers passagers leur emboîtèrent le pas. Lisa fut bientôt seule sur le quai, entourée de silence.

C'est incroyablement lugubre, une gare, la nuit.

76

Elle resta prostrée une heure. Peut-être deux. Un chef de gare vint lui demander de partir : elle obéit, sans rechigner, sans même laisser sortir un mot de sa bouche.

Devant cette gare, en pleine nuit, elle avait réfléchi aux solutions qui se présentaient à elle. Soit elle trouvait un hôtel ici, soit elle retournait à Chantilly. Mais pas chez elle. Elle ne pouvait pas.

Son téléphone vibra dans sa poche.

> Bien arrivé à Poitiers, je t'appelle demain.
> Je t'aime. Bonne nuit.

Elle eut une folle envie de jeter le téléphone quand un taxi s'arrêta à sa hauteur. Elle vérifia qu'elle avait la carte du compte commun dans sa poche, et s'y engouffra. Elle donna l'adresse d'Adèle.

> J'ai besoin de toi. J'arrive.

Elle reçut un simple « OK » en guise de réponse.

Elle ne se souviendrait plus, par la suite, des trois cent quatre-vingt-sept kilomètres parcourus à l'arrière de cette voiture, dans laquelle seuls les sanglots venaient rompre ponctuellement le silence qui régnait. Le chauffeur, poli, n'avait posé aucune question.

Neuf cent cinq euros plus tard, elle posa enfin le pied sur le perron de ce qui serait sûrement son refuge pour quelques jours. Elle n'eut pas le temps de sonner qu'Adèle, en déshabillé bleu et les cheveux ébouriffés, ouvrit la porte. Elle prit le sac de Lisa, lui retira son manteau et ses chaussures, et l'emmena vers le canapé, où une couverture attendait. Une tasse fumante de thé était posée sur la table. Lisa s'effondra.

Deux heures plus tard, Adèle la conduisait chez elle : « Il faut que tu prennes tes affaires. Vite. Et que tu quittes Simon. Encore plus vite », avaient été ses seuls mots.

Lisa prit des vêtements, son ordinateur et son agenda. Elle posa son alliance sur la table de chevet de Simon, écrivit un mot sur le tableau de la cuisine, et donna une bonne ration de nourriture à Snoups. Elle remonta dans la voiture. Adèle posa la main sur sa jambe, dans un geste affectueux comme elle seule savait le faire.

— On va remonter toutes les deux. On va trouver une solution. Et peut-être même une explication. Il n'y a pas d'ombres sans lumière.

77

Lisa resta toute la journée sur le canapé d'Adèle, les yeux rivés sur son téléphone portable. Il ne cessait de vibrer affichant sans cesse le même surnom ridicule dont elle avait affublé Simon dans leurs premières années de relation.

Elle ne bougeait pas, n'entendait rien. Elle aurait été incapable de dire si les filles étaient sorties ou rentrées, si Tania l'avait saluée. Elle était là, absente.

Enfin, Adèle se planta devant elle avec un air ahuri.

— Tu n'es tout de même pas restée comme ça depuis ce matin ? Mais qu'est-ce que tu me fais ? Va prendre une douche et enfile des habits propres ! Tu crois que je vais te laisser dépérir comme ça ? Ma belle, on ne meurt plus de chagrin d'amour depuis le XIXe siècle, alors bouge-toi !

Lisa avait à peine levé les yeux. Adèle s'était assise à côté d'elle, l'avait prise dans ses bras et avait écouté les larmes de son amie couler pendant plusieurs heures.

Puis Lisa avait parlé. Longtemps. En passant par le désespoir, l'incompréhension, la colère.

Adèle répondait parfois, mais elle n'avait ni solution, ni explication. Juste un constat : Simon avait trahi Lisa. Tout s'écroulait. Et en premier lieu, Lisa.

Qu'allait-elle faire ? Saccager la maison ? Crever ses pneus ? Le pourrir sur les réseaux sociaux ?

Inutile et assez méprisable.

— Tu vas remonter ma belle. On va remonter ensemble. Tu es quelqu'un de fort. Tu es une battante.

— Je suis surtout cocue.

— Aussi, mais c'est restrictif.

78

Enfin arrivé devant la porte, Simon chercha ses clés. Il s'accorda les deux dernières minutes de réflexion, bien qu'il ait eu largement le temps de s'adonner à cette activité durant les deux heures quinze minutes de voyage que lui avait values ce Poitiers-Chantilly.

Il avait enfin réussi à avoir Lisa au téléphone dans l'après-midi. À sa voix, il avait compris que quelque chose se passait.

— Simon, je sais tout.

— Tout quoi ? À quel sujet ?

— Tout. Arrête de jouer l'innocence. Tout.

— OK. J'arrive. Rejoins-moi à la gare.

Elle n'était pas venue. La défense allait être difficile. D'autant plus qu'il n'en avait pas.

Merde ! Il savait que ça devait arriver. Sa seule question était : comment avait-elle su ? Quelle erreur avait-il commise ?

Il avait toujours aimé sa femme. Plus que de raison. Et dès le premier coup d'œil. Il lui aurait tout donné… mais ne se serait pas sacrifié. Lui aussi avait toujours été animé par cette folle envie de tenir un bébé dans ses bras, mais il n'aurait pas accepté de perdre cette femme-enfant. Il n'avait pas su choisir.

Les tentations avaient été récurrentes, constantes et de plus en plus fortes. Il sentait sur lui le regard du sexe féminin, et s'en flattait. Il était beau, très beau, et le savait. Clémence l'avait fait céder. Quatre ans plus tôt, lors d'une soirée arrosée, alors qu'il était en déplacement. Elle était alors son assistante. Sa trop belle assistante. Brillante, douce et fertile.

Elle était tombée enceinte lors de leur premier rapport.

Sa double vie avait alors commencé. Et il avait même réussi à se mentir à lui-même, en même temps qu'à Lisa. Le seul qui savait absolument tout, ses projets, ses envies, ses préoccupations du moment, était son moteur de recherche : il veillait à ne jamais laisser traîner son ordinateur, de peur que sa femme ne comprenne l'avoué… et l'inavoué.

Il mit la clé, la tourna. Quelques pas… Aucun bruit.

Le couloir. Le salon.

— Lisa ? Lisa ?

Même Snoups ne venait pas l'accueillir.

Dans la cuisine, il chercha des signes de sa présence.

Ses yeux se posèrent rapidement sur le petit tableau noir.

Elle avait toujours eu les mots justes pour dire les choses, et pour faire mal.

Il est des choses dans la vie, qu'on ne peut excuser, quoiqu'on en ait envie.

79

Lisa s'était d'abord installée chez Adèle. Mais les événements récents l'avaient quelque peu poussée vers la porte : elle sentait que cette famille avait besoin de se retrouver, de réapprendre à vivre, sans qu'elle soit là. Adèle l'avait beaucoup épaulée, comme si penser à Lisa lui permettait de ne pas trop penser à son propre chagrin, et de remonter la pente main dans la main avec son amie de toujours.

Grâce à une connaissance de Tania, Lisa réussit à emménager dans un petit studio du côté de Lamorlaye. Les premiers soirs dans ce quarante-cinq mètres carrés furent particulièrement éprouvants : elle n'entendait que le bruit de la solitude. Elle oscillait entre les excès de rage, qui lui donnaient envie d'arracher les yeux de Simon, et les moments de désespoir, durant lesquels elle mouillait de ses larmes tous les coussins de sa minuscule habitation.

Progressivement, pourtant, elle recommença à écrire. La rigueur financière que sa nouvelle situation exigeait l'empêchait de sortir trop souvent.

Pour cette même raison, elle commença à préparer elle-même ses produits d'entretien, de cosmétique à grand renfort de bicarbonate de soude, de vinaigre blanc et de citron. Chaque économie réalisée la rendait fière, et son petit cocon respirait le naturel, à défaut de respirer le bonheur.

Un dimanche matin, elle se leva avec l'idée qu'il y avait encore une épreuve à passer avant de laisser tout derrière elle. Comme une dernière étape à franchir.

Elle décida de retourner à Chantilly.

Elle prit l'A33. Elle n'avait plus pris ce bus depuis la fin de sa première vie. Elle ferait un petit détour par le Pas Sage, avant d'aller voir Nanette. Cela faisait si longtemps qu'elles ne s'étaient pas vues ! Elles avaient échangé de nombreuses lettres, l'écriture devenant parfois un bon exutoire. Lisa lui avait raconté toute la douleur, la haine chargée d'amour déçu, et la remise en marche progressive. Grâce aux amis, au boulot. À la vie.

Nanette l'avait beaucoup rassurée, et tentait souvent de mettre des mots sur les choses, de l'aider à comprendre sans expliquer vraiment. Elle ne parlait de Simon que par rapport à Lisa, comme un être différent de son petit-fils. Elle le voyait cependant régulièrement, mais n'en donnait jamais de nouvelles. L'important n'était pas de savoir dans quel camp elle était, mais d'être tout simplement ce qu'elle était.

Et Lisa ne posait pas de questions.

Le sourire de Ronald lui mit immédiatement du baume au cœur. Et confirma le fait qu'elle avait bien fait de se bouger les fesses en ce dimanche matin.

Il regarda d'abord à deux fois puis s'avança. Celle qu'il croyait reconnaître avait bien maigri, et était plus pâle. Mais c'était bien elle.

— Oh ! Lisa ! J'suis tellement content de vous voir !

— Moi aussi, Ronald. Vous me faites un café ?

— Oui… 10 h 30, c'est un peu trop tôt pour le mojito !

Elle s'assit à ce qui avait été sa « table habituelle ». Le sentiment était étrange, pas désagréable cependant. Un goût de déjà-vu, mais avec une saveur nouvelle. Elle eut l'impression d'avoir parcouru un long chemin. Comme si elle sortait d'une longue maladie, avec le sentiment d'avoir vaincu.

Ronald lui apporta son café, avec un grand sourire. Ils échangèrent quelques mots, puis Ronald repartit servir d'autres clients.

Elle se mit à feuilleter machinalement le journal local qui était resté là. Au fil des pages, elle se demandait à quoi devaient s'intéresser les Français aujourd'hui : « Les Bleus se préparent à faire vibrer la France… tout près de chez nous », « L'enquête sur le cambriolage de la boucherie avance ! » « Brocante ce week-end à Boran-sur-Oise ! »

Les gros titres défilaient, presque aussi vite que ses pensées. Puis son regard se figea, au détour d'une page :

« Madame Giovanetti-Lorthois Simone et Patrick (†)

Monsieur Lorthois Simon, Clémence et Mya

Mademoiselle Lorthois Jessica, et Steven »

C'est pour ça que Nanette n'avait pas répondu à ses deux derniers courriers. Ni au téléphone lorsqu'elle l'avait appelée jeudi, puis samedi.

Lisa resta bloquée sur les trois premières lignes de ce faire-part, dans la rubrique nécrologique du *Libre Matin*.

Nanette ne pouvait pas partir. C'était impossible. Nanette était un roc. Une matriarche. Nanette était éternelle. Elle sentit les larmes monter. Elle arracha la page et sortit, sous les yeux ébahis de Ronald, qui ne lui demanda même pas de régler son café.

80

Le lendemain, dans l'église de Gouvieux, elle regardait l'assemblée, assise au fond de l'église. Lui venait en tête la chanson de Brel :

[…] Les vieux ne bougent plus leurs gestes ont trop de rides leur monde est trop petit

Du lit à la fenêtre, puis du lit au fauteuil, et puis du lit au lit

Et s'ils sortent encore bras dessus bras dessous tout habillés de raide

C'est pour suivre au soleil l'enterrement d'un plus vieux, l'enterrement d'une plus laide […]

Elle ne retiendrait de ce moment que quelques images. Les larmes qui coulaient, et son mouchoir qu'elle triturait. La gerbe surdimensionnée de la famille, le chagrin tellement bruyant de Simone.

Et Simon, qui ne cessait de se retourner. Il savait qu'elle était là. Il avait cru l'apercevoir en entrant dans l'église, alors qu'il suivait le cercueil. Là, sur la gauche, au fond.

Depuis, il se demandait comment il allait réagir. Il essaierait de lui parler, si toutefois c'était bien elle. Il voulait lui parler. Lui expliquer. Ou même juste la voir.

Se perdre dans ses pensées est un bon moyen de rester digne dans ces moments, se dit-il.

Lisa s'en aperçut rapidement. Elle le regardait, et en profitait d'autant plus que, de là où il était, il ne pouvait pas la voir.

Simon avait pris quelques kilos.

Simon mangeait beaucoup quand il était contrarié.

La jeune femme à côté paraissait très svelte. Lisa attendait avec impatience qu'elle se retourne à son tour, pour enfin pouvoir mettre un visage sur la trahison. Était-elle plus jolie qu'elle ? Plus jeune ? Plus maquillée ? Comment s'y était-elle prise pour séduire Simon ? À moins que ce soit lui qui avait commencé ? Elle s'était posé des milliers de fois ces mêmes questions. Mais en le voyant, là, à côté de sa nouvelle femme, Lisa s'aperçut qu'elle se foutait des réponses, que ces dernières ne lui apporteraient rien et ne la feraient pas avancer. Ces deux personnes incarnaient son passé. Elle se dit qu'elle n'avait plus de haine, ni de dégoût. À peine une forme de rancœur, qui se transformerait bientôt en indifférence.

Cela lui donna un petit goût de victoire. Si elle n'avait pas encore totalement réussi, elle n'avait jamais été aussi proche du but. Nanette avait donc raison : la seule lutte que l'on perd est celle que l'on abandonne. Elle savoura ce court moment, oubliant d'écouter le prêtre qui expliquait que Nanette ne serait pas malheureuse là-haut, qu'il fallait respecter la volonté de Dieu et ne pas être triste, mais plutôt se réjouir que Dieu l'ait rappelée à lui.

Lisa sortit juste avant l'offrande.

81

Allongée sur son lit après une nuit perturbée, Lisa s'étonnait du fait que la langue française ne comportât aucun mot pour exprimer l'intensité de la douleur face à la perte d'un être cher. « Tristesse » n'était pas assez fort, « désarroi » était trop nébuleux… « Abattement » ? Non, ce n'était pas encore le bon.

Le téléphone interrompit ses pensées.

— Madame Lorthois ?

— Bauchart. Lorthois est le nom de mon ex-mari.

— Ah ! Pardon, madame Bauchart. Ici Maître Lefranc. Pourriez-vous passer à l'office aujourd'hui ?

— Pourquoi ? Il y a un souci avec les papiers du divorce ?

— Oh non, pas du tout. C'est concernant l'héritage de madame Giovanetti.

— Je suis citée dans le testament ?

— Selon les papiers que Mme Giovanetti avait remplis il y a maintenant six mois, elle vous a laissé une somme plutôt importante.

82

Appuyée contre le mur de l'office, elle essayait de rassembler ses pensées. Seules des images lui venaient : le visage de Nanette, les longues cigarettes fines, les Tuc.

Décidément, cette femme, jusqu'au bout (et même au-delà !), l'avait surprise. Et protégée. Et aimée. Surtout aimée.

C'était un signe.

Lisa s'était, en quelques mois, relevée. Il fallait maintenant qu'elle recommence à marcher. Nanette la guiderait. Ses doigts se posèrent machinalement sur son portable. Elle le débloqua, puis chercha dans son répertoire ce numéro que, tant de fois, elle avait voulu effacer, sans y parvenir.

Elle se dit qu'elle ne devait pas réfléchir. Juste agir.

Elle envoya le message et alluma une cigarette. Un bip retentit presque aussitôt. Elle posa les yeux sur l'écran. Quelques mots. Une adresse. Elle fit trois pas. Maintenant, elle savait où elle allait.

L'immeuble. L'interphone. Le n° 17. Et le son de sa voix, qui fait bondir le cœur de Lisa. « Entre, je t'attends. » L'ascenseur. Deuxième étage. Elle ne pouvait plus reculer.

Arrivée devant sa porte, elle hésita quelques secondes. La porte s'ouvrit et, dans l'embrasure, il lui sourit. Elle fit de même, un peu gênée. Il avança d'un pas. Il posa les deux mains sur son visage. Ses lèvres se rapprochèrent. Ce n'était pas fougueux. C'était tendre. Délicat. D'une saveur incroyable, incomparable. Celle des actes trop longtemps repoussés, et tellement attendus.

Il releva les yeux vers elle, lui prit la main et l'invita à entrer.

Ce n'est que le lendemain, alors qu'elle sentit sa main sur son ventre, qu'elle réalisa vraiment. Elle sourit. Puis l'embrassa sur le front, le nez, la bouche. Tout doucement. Il ouvrit un œil et sourit à son tour.

— C'est lui ou toi ?

— Cela a de l'importance ?

— Oui, pour savoir si c'est un peu à cause de moi.

— Il m'a trompée.

— J'ai toujours su qu'il n'avait pas conscience de sa chance.

Il passa la main dans ses cheveux, la regarda longuement, puis balada la main sur son corps. Tout bas, il lui glissa :

— On est ensemble, maintenant. Ensemble, c'est tout. Je t'ai attendue. Je t'ai désirée. Je ne te laisserai plus jamais repartir.

ÉPILOGUE

Adèle claqua la portière. Huit cent soixante-quatre kilomètres et un GPS qu'elle avait cru tout aussi perdu qu'elle, notamment sur la fin du parcours.

Elle regarda autour d'elle. La campagne. Tout autour. Pas un bruit… Du moins, avant que Cloé et Emma, qui étaient sorties précipitamment de la voiture, ne sautent dans les bras de la maîtresse de maison en criant leur joie.

— Mais ce n'est pas vrai, vous n'arrêtez pas de pousser toutes les deux ? Comment allez-vous ? Laissez-moi juste une minute pour embrasser votre mère et Tania.

Lisa se jeta dans les bras de sa meilleure amie, qu'elle n'a pas vue depuis maintenant quelques mois.

— Ibrahim n'est pas là ?

— Il est retourné voir une des chattes qui doit accoucher ce soir. Il devrait arriver !

Puis, se tournant vers Cloé et Emma :

— Les filles, nous aurons des petits chatons ! Yanis est surexcité depuis ce matin !

Attablées autour d'un café, elles discutent. Tania explique un problème épineux rencontré au travail. Adèle regarde autour d'elle. Cette cuisine est magnifique, parfaitement décorée. Et tellement vivante ! Tiens, Lisa a ajouté un meuble, là, dans ce coin. Tout est harmonieux. Tout y respire une sorte de plénitude, de sérénité. Et en premier lieu, ses habitants. C'est comme si on avait vendu la tranquillité avec cette maison.

Mais ce n'est pas que la maison. C'est tout ce qu'il y a autour. Et dedans.

Ibrahim.

Et Yanis.

Après la visite chez le notaire, puis chez Ibrahim, Lisa n'avait pas hésité longtemps. Elle avait voulu s'éloigner de la région parisienne, et de la peur des attentats. Elle n'en pouvait plus de vivre avec cette épée de Damoclès au-dessus de la tête. Le lendemain de l'attaque de Nice, elle avait pris sa décision : quitter tout ce qui la rattachait au passé et aller vivre à la campagne, à l'abri des regards et de la peur, même si celle-ci n'évite jamais le danger. Elle s'était acheté une ancienne bâtisse au fin fond du Luberon, grâce à l'argent que lui avait légué Nanette. Une ruine qu'elle retapait progressivement. Elle et Ibrahim. Il n'avait pas même réfléchi : il l'aurait de toute façon suivie au bout du monde.

Yanis était arrivé six mois plus tard. C'était le fils d'Aïssa, la sœur d'Ibrahim, celle-là même que Lisa avait surprise en pleine conversation au café. La « forme » était partie en Syrie juste après la naissance de son fils. Elle avait pris soin, avant son départ, de faire les papiers qui s'imposaient et de désigner Ibrahim comme tuteur légal. Un jour, on devrait expliquer au petit que sa mère avait pactisé avec le Diable. En attendant, il était arrivé un soir, et n'était plus reparti, réalisant ainsi le rêve de Lisa.

À présent, celle-ci savait quels attributs du sujet employer : elle était amoureuse, heureuse et maman.

À trois, ils avaient développé une vie loin de tout. Centrée sur leur bonheur à eux. Ils élevaient des animaux et avaient ouvert deux chambres d'hôtes. Ils faisaient leur potager, leur pain, leurs yaourts. Ils avaient peu d'argent, mais n'en voulaient pas plus. Ils se contentaient de peu, car ils avaient déjà beaucoup.

Lisa tricotait, nettoyait, cuisinait, se réalisait et écrivait. Souvent. Sans se faire publier. Juste pour elle.

Pourtant, ce jour-là, un manuscrit attend Adèle sur la table. Le titre, *J'irai cracher sur vos tronches*, surprend la jeune femme.

Elle jette un œil sur les premières lignes.

« Ce jour-là, Nina avait fait pleurer deux hommes. »

Elle regarde Lisa en souriant.
— Ah ! Ma belle ! Je pense que là, ça peut marcher !

Merci !

À plus d'un titre, le livre que vous tenez entre les mains est le fruit d'une aventure, qui s'est étalée sur deux ans.

Aventure littéraire, tout d'abord, car l'histoire de Lisa et Adèle s'est construite, progressivement, à partir de notes éparses posées dans un carnet. Puis les personnages se sont mis à vivre, à réagir, à prendre leur envol… Ils sont devenus comme *Les Valeureux* d'Albert Cohen : ils ont pris finalement tant de place qu'il me fut par la suite impossible de les abandonner.

Aventure personnelle, surtout : aux fondements, un grand homme, Albert Mosconi, qui durant longtemps n'a cessé de croire en moi et de me guider. Il est celui qui, en grande partie, m'a amenée à l'écriture.

Puis, un matin, une petite étoile m'a dit : « Ce concours, il est pour toi ! » Je me suis alors révélée à moi-même et aux yeux de tous en tant qu'auteur, sans que les notions de prétention ou de légitimité ne viennent abîmer cette simple satisfaction, celle de livrer des mots, des âmes et une histoire. C'est à ce moment précis que j'ai compris que l'écriture ne serait plus pour moi un simple loisir, qu'elle s'était muée en nécessité. Un grand merci, pour tout cela, à mes comètes : vous êtes entrées dans ma vie sans que je ne sache comment ni pourquoi, mais je ne veux plus que vous en sortiez…

Aventure humaine, enfin, car le soutien et les encouragements de tous m'ont permis de finir deuxième au classement des votes par les lecteurs du concours Fyctia. Nombreux sont ceux qui m'ont confié avoir voté d'abord par amitié pour moi, mais avoir continué car ils aimaient le texte. Ce fut le plus formidable des encouragements.

Merci à Virginie : ton coup de fil est celui que j'ai, toute ma vie, attendu. Tu as cru en moi, en Lisa et en Adèle. Cette aventure aurait pu s'arrêter du jour au lendemain : tu lui as donné un nouvel élan. Ton soutien et tes conseils furent fondamentaux.

Merci à mes sœurs : nous nous séparons, nous nous retrouvons, mais nous sommes toujours là, dans les rires et les pleurs, dans les silences parfois. De là-haut, il nous voit, nous aime et il est fier de nous, n'en doutez pas. Merci à mes neveux et nièces : vous formez une tribu formidable.

Merci à ma famille, celle du Nord, celle de Corse (Dominique, Marie et Caroline entre autres) et, surtout, à ma belle-famille, car je suis sur ce point l'une des personnes les plus chanceuses. Une pensée très spéciale pour Patricia et Gérald pour leur soutien quotidien, pour Marie, pour ma couz' d'amour (Souffle ! Souffle !) et pour notre irremplaçable Zouzou !

Merci à tous mes amis, les proches, les moins proches, les anciens, les nouveaux, ceux qui sont partis, ceux qui sont revenus… Vous avez tous été au rendez-vous, et vous n'avez rien lâché. Vous êtes mon roc. Schulzy, tu m'as épatée et je ne t'en remercierai jamais assez. Delphine, Julie, Virginie, Jenny, Maïté, Audrey, Célia, Maxime, la famille Verfaillie : merci d'être toujours près de moi. Une pensée toute particulière pour les Brouckerquois : comme d'habitude, vous avez été là. Pouvoir compter sur vous, même après tout ce temps, est un privilège dont j'ai, une fois encore, pu prendre toute la mesure. Un immense merci également à mes BFF, à ma Nelly qui est la meilleure des gouvernantes, et à Valérie (moi aussi, je viendrais te chercher à l'autre bout du monde !).

À l'heure où j'écris ces mots, j'ai un sentiment tout particulier pour Amandine, Grég, Stéphanie, Séverine et Brigitte : ce virus nous a enlevé un homme grand et bon, mais il ne pourra nous enlever l'amour que nous avions pour lui.

Je pense également très fort à Mourad, Sofiane et Ynès : elle n'est pas loin, et je suis sûre qu'elle nous sourit de ses yeux pétillants.

J'ai évidemment une pensée emplie d'amour pour ma « princesse glu » et mon cascadeur, né durant la gestation de cet ouvrage. N'oubliez jamais : « Maman, elle a dit… » Ce livre est pour vous, grâce à vous et avec vous.

Enfin, un incommensurable merci à celui qui partage mes jours, mes nuits, mes émotions, mes peines et mes sourires… Pour tout et malgré tout, à deux, il ne peut rien nous arriver.

Collection « Instants suspendus » aux éditions Archipoche

Cet ouvrage a été composé
par Atlant'Communication au Bernard (Vendée)

Impression réalisée par
CPI France
en août 2022
pour le compte des Éditions Archipoche

IMPRIM'VERT
Votre imprimeur agit pour l'environnement

Imprimé en France
N° d'édition : 5
N° d'impression : 3048659
Dépôt légal : septembre 2022